楽しみにしているのだった。

そんな〈花の民〉は異性間だけでなく、同性間でも子を成すことができる。それが第三次性徴だ。恋の成就によって少しずつ身体が変わり、ユディトのように子供を産むことができるようになる。

反対に、失恋すると花は降らなくなるようだ。また、例外はあるそうだけれど、花が枯れるように衰弱して死んでしまうこともあるらしい。

まさに花のように生き、花のように朽ちる民族なのだ。

「……そういえば」

花びらを眺めていたルスランは、ふと思い出して口を開いた。

「今日、知らない人がいたよ。黒い格好をした男の人が三人、遠くからこっちを見てた」

「なに」

サーリムがすかさず真顔になる。

「そいつらはどこへ行った」

「それが、お隣さんと話してる間にいなくなっちゃって……」

「なにかされたりしてないね？　大丈夫ね？」

「うん。ぼくは大丈夫」

両親は不安そうに顔を見合わせ、小さくため息をついた。

「これからも気をつけるんだぞ。なんなら、父さんがしばらく牛たちの世話を代わろうか」

「平気だよ。ちゃんと距離も取ってたし」

「油断しないで、ルスラン。どうして谷で暮らしているか、小さな頃から教えてきたでしょ」

母の言葉にハッとなる。

〈花の民〉は別名〈幸福の民〉とも呼ばれている。

花を降らせるという華やかな特徴から噂(うわさ)話に尾鰭(おひれ)がつき、『〈花の民〉と結婚すると奇跡が起こる。富や名声がもたらされる』と信じられてきたからだ。実際、富や名声に目が眩(くら)んだ輩(やから)に未婚者を誘拐されるという事件も起こったため、一族は人目を避けるようにして谷の底に村を作った。今からもう百年も前の話だ。

「そうだったよね。迷いこんじゃった人たちかと思って、もう少しで話しかけるところだった」

「もう。そういうところが心配なの」

子供にするように「メッ」とされ、ルスランは素直に「反省してます……」と頭(こうべ)を垂れる。

「ちゃんと気をつける。危なくなる前に逃げてくるから」

「そうしてね。絶対にいなくならないで」

「おまえが元気でいることが俺たちの願いだ。ルスラン」

「父さん、母さん……。わかった。約束する」

少し照れくさかったけれど、ちゃんと気持ちを伝えておきたくて、子供のように指切りげんまんで約束を交わした。

それからルスランはクッションを開け、持ち帰ってきた花びらを中に詰めこむ。

愛の言葉である花びらは放っておいても朽ちたりしない。だから赤ん坊のベッドは夫婦の花びらを詰めて作るし、ふたりの仲が良ければ良いほどベッドやクッションがふかふかになる。藁(わら)よりも断然寝心地が良く、いい香りもするので〈花の民〉はみんなこれが好きだ。

その後は厩舎の隅を塒(ねぐら)にしているシビにご飯と水を持っていき、いよいよ家族の夕食となった。

「さぁ、食事にしましょう。今日はルスランの好物にしたよ」

「わっ、サンダリだ！　やった！」

ルスランは大よろこびで靴を脱ぎ、いそいそと絨毯(じゅうたん)に上がる。

床に並べられたトマト煮込みをはじめ、平パンや山羊のチーズ、それに少しばかりのワインを前に両親とともに感謝の祈りを捧げると、静かに食事がはじまった。

「もうすぐ父さんのお誕生日だね」

サンダリに舌鼓を打ちながら母を見る。

ユディトはおだやかに頷(うなず)きながら「その日は、サーリムの好物を作りますね」と微笑んだ。

「ハールマッジをか？　だが、ドライフルーツもスパイスも、もうないと言ってたろう」

「お誕生日までにはキャラバンが来てくれるはずです。いつも春と秋に谷を通るでしょう？」

「あぁ、そうか。そうだったな」

「それに、言ってあるんです。次はドライフルーツとスパイスをどっさり持ってきてくれって」

サーリムは伴侶の気遣いに目を丸くし、それから無言で花を降らせた。

「驚いた……半年も前から考えてくれていたのか」

「それぐらいしかできませんから」

「俺には充分すぎるほどだ。ありがとう。愛しているよ」

真摯な愛の言葉に、ユディトもまた顔を赤らめながら花を降らせる。

蜂蜜色と桃色の花びらが床に積み上がるのを見て、ルスランは「もう！」と噴き出した。

「これじゃ、家中が花でいっぱいになっちゃう」

「ははは。本当だな」

三人で顔を見合わせて笑った、その時だった。

ドンドンドン、とドアが叩かれる。

「誰だろう。お隣さんかな？」

もう一度三人で顔を見合わせる。

立っていって扉を開けたルスランは、だが向こうにいる人物を見て「あっ」と声を上げた。さっき見た黒尽くめの男たちだったからだ。

「ルスラン。こっちへ」

サーリムが反射的に立ち上がり、息子と男たちとの間に入る。

ユディトも急いで傍にやってくると、ルスランを守るように抱き寄せた。

そんなふうにふたりが警戒を露わにしているにもかかわらず、訪問者たちに戸惑う様子はない。

「どのようなご用でしょうか」

低い声で問うサーリムに、三人の長と思しき男性が深々と一礼した。

「突然の訪問をお許しください。私はサン・シット王国国王ナフルーズ様の側近を務めております、ファズイルと申します」

「……国王陛下の……ご側近？」

サーリムがぽかんとなる。ユディトも、もちろんルスランもだ。

——側近って、なんだっけ……？

人生で一度も聞いたことのない言葉だ。それでも、辛うじて『国王陛下』というのはわかった。と、いうことは。

――きっと、ものすごく偉い方だ。もしかして、お城っていうところから来たのかな……？

子供の頃、村の長老から聞いたことがある。都には大きくて立派なお城があって、そこには王様とお妃様が住んでいるのだと。目も眩むような金銀財宝に囲まれ、贅沢な晩餐や舞踏を楽しんでいる、この世の楽園のような場所なのだと。

一度でいいから行ってみたいと思ったものだ。

〈花の民〉には無理な話だとわかってもいたけれど。

そんなことを思い出しつつ、ルスランはあらためて訪問者を見上げる。

年齢は二十七、八歳だろうか。長身ですらりとした人だ。肌は浅黒く引き締まり、黒い短髪や黒い瞳が彼を精悍に見せる。そのわりにおだやかな人柄なのか、全体的には柔和な雰囲気を漂わせていた。

ファズイルと名乗った男性は漆黒の外套を捲り上げると、「こちらが王室付近衛隊長の証です」と腰の剣を鞘ごと引き抜いてみせる。

「このラーレの紋章は、陛下にお仕えし、陛下に生涯忠誠を誓った人間だけが持つことを許される、命よりも大切なものです。国章にも同じ意匠が」

注意深く見入るサーリムの肩越しに覗きこむと、花弁が六つに分かれた花の文様が描かれていた。

ルスランには国章というのはよくわからないけれど、両親が顔を見合わせて頷いているからきっと本物なのだろう。

「我々は、陛下の御ためを思って参りました。どうか話を聞いていただけないでしょうか」

「……わかりました。粗末な小屋ですが、どうぞお入りください」

サーリムが一行を中へ促す。

とはいえ、狭い家には客人をもてなす場所もなければ、床も夕飯の途中で散らかっている。

すぐに片づけると言うサーリムに、ファズイルは手を上げてそれを制した。

「我々が勝手に押しかけたのですから、どうかそのまま。お食事中に申し訳ありません」

「それは構いませんが……。では、このままでお話を伺わせていただきます」

サーリムが立ったまま話を進める。

ファズイルはチラとルスランを見た後で、まっすぐサーリムに対峙した。

「大変不躾ながら、単刀直入に申し上げます。こちらにいらっしゃるご子息様に、国王陛下の花嫁になっていただきたいのです」

「………今、なんとおっしゃいました？」

絶句したサーリムに代わり、ユディトが声を絞り出す。

ファズイルは落ち着いた様子で「国王陛下の花嫁にと」とくり返した。どうやら冗談で言っているわけではなさそうだ。

「花嫁……」

ルスランもそろそろと息を吐き出す。

「事前の交渉もなにもなく、唐突な申し入れとなってしまったことを心苦しく思っております」

ファズイルは再度頭を下げた後で、「しかし」と一転口調を強めた。

「どうしてもお願いしたいのです。〈花の民〉の力で、陛下のお心を救っていただきたい」

「我々のことをご存じなのですか」

サーリムが驚きに目を瞠る。

〈花の民〉は長い間、谷で身を潜めて暮らしてきた。山の向こうに住んでいる人たちとは没交渉だ。

そのため、世間では『伝承上の存在』と思われているようだとキャラバン隊から聞いている。

それなのに、ファズイルは〈花の民〉のことを知っていると言う。

戸惑う視線に応えるように、彼は「方々手を尽くしてやっと」と頷いた。

「ナフルーズ様が国王に即位されて早や三年、御年二十五歳になられました。賢王との呼び声高く、家臣や国民からも慕われ、周辺国とも良好な関係を築かれている、サン・シットが誇る名君であらせられます。そんな国王陛下には、後の世まで国が平和に存続するよう、正統な血統に連なる世継ぎをもうける義務がございます。そのため、伴侶をお迎えくださいと再三ご進言申し上げてきたのですが……私の力が足りないばかりに聞く耳を持ってはいただけず……」

勧めた縁談は数知れず、だがどの国の姫君とも一度も会わず終いだったそうだ。先代の国王夫妻が存命であれば強引にでも話をまとめただろうに、ふたりとももうこの世にはいないと言う。

「そんな時です、あなた方のことを聞いたのは――隊商の伝手を辿って辿って、隣国との国境付近まで話を聞きにいって、やっと〈花の民〉の存在を知りました。藁にも縋る思いでやってきました。これが最後の頼みの綱なのです」

ファズイルの口調が熱を帯びる。

「陛下は、心に深い傷を抱えていらっしゃいます。それがゆえにお心を閉ざし、誰かを愛することを避けてこられました。ですが同時に、王としての義務を果たせないことを心苦しく思っておられる。

陛下がお小さい頃からお仕えしてきた私にはそれがとても歯痒いのです。〈幸福の民〉とも呼ばれるあなた方なら、きっと陛下のお心を癒やし、前向きな力を与えてくださるものと確信しております。どうかお願いです。陛下を、そしてこの国をお救いください」

必死の訴えに、ルスランは目を丸くしながら両親と顔を見合わせた。

もしこの話が本当なら事態は深刻だ。

ルスランの目には、懸命に言葉を紡ぐファズイルが嘘をついているようには見えなかった。命より大切だと言った紋章に誓って語られた話だ。疑うのは人の道に悖る。

――なんとか力になってあげられたら……。

心はそう思うのだけれど、理性は不安を訴える。

谷の暮らししか知らない自分には外の世界がわからない。お城なんてその最たるものだ。

由緒正しい家柄の姫君でさえ会うこともできなかったというのに、天と地ほども身分の違う庶民の自分が果たして〈花の民〉というだけで受け入れられるものだろうか。

それに、王様は心に深い傷を抱えているという。田舎でのんびり暮らしてきた自分が、国家という重責を背負う人の心を解きほぐすことなんてできるだろうか。

戸惑う三人のうち、最初に口を開いたのはサーリムだった。

「我々のような田舎者には大変光栄なお申し出ですが……」

「今すぐ決めてほしいと思っているわけではありません。今後のこともおありでしょうから」

サーリムが一瞬顔を歪める。

わずかに目を泳がせた彼は、ひとつ息を吐き出すと、意を決したように顔を上げた。

「ならば、はっきり申し上げます。ルスランは男です。この子が外の世界で好奇の目に晒されるのは親として耐えられません」

「〈花の民〉とのご結婚をお望みなら、村には相手を探している適齢期の娘もおります。村長に話をして、別途機会を設けても……」

「いいえ。ご子息様でなければ」

ふたりの申し出をきっぱり断ると、ファズイルはあらためてルスランに向き直る。

「昼間にお姿を拝見して、あなたこそが陛下のお心に寄り添うことのできるただひとりの人だと確信しました。自然を愛し、人や動物たちと心を通わせ、舞う花びらにやさしい笑みを浮かべるあなたのような方にこそ、陛下の傍にいていただきたい」

「ファズイルさん……」

これまで十五年生きてきて、こんなにも強く誰かに求められたことはない。切々とした訴えを聞くうちにルスランはファズイルに、そして彼を通してまだ見ぬ王に気持ちが傾いだ。

他人との間に一線を引き、心を閉ざして生きてきたというこの国の王。

愛にあふれた家庭に育ち、周囲と心を通わせて生きてきた自分とは正反対だ。

——もし、ぼくが王様の立場だったらどんなに寂しいだろう。

きっと耐えられない。

それでも、王は耐えなければならないのだ。泣き言ひとつ許されない。その双肩にはサン・シットという国の行く末がかかっているのだから。

——そんなのかわいそうだ。

隣人の『愛情は花と一緒でな。大事にされないと育たねぇんだ』という言葉が脳裏を過った。

もしかしたら、王様にはひとりの人間として向き合ってくれる誰かが必要なんじゃないだろうか。

身分や家柄なんてお構いなしに、まっさらな心と心でお互いを大切にできるような……。

「我々の希望はお伝えしました。あとはゆっくりお考えいただければ」

ファズイルの言葉に、ルスランはハッと我に返った。

「十日後にまた参ります。その時に城へお連れできますことを願っております。どうか、ご英断を」

黒尽くめの訪問者たちは一礼し、来た時と同じように静かに帰っていく。

閉まったドアを見つめながらルスランは大きく息を吐き出した。サーリムとユディトもだ。

「まさか、こんなことになるとはな……」

「とりあえず座りましょう。食事は喉を通りそうにありませんけど」

ユディトに促されていつもの席に戻る。

気付けとばかりにワインを呷るサーリムを見ながら、ルスランは思いきって口を開いた。

「ぼくでお役に立てるなら、行ってみようかな」

「ルスラン！」

ふたりが弾かれたようにこちらを見る。

その勢いに気圧されつつ、ルスランは「だって」と続けた。

「ぼくには父さんや母さんがいるし、長いつき合いの村の人たちも、動物たちだっている。仲良しのシビもいる。ぼくが今しあわせなのは、みんなが大事にしてくれるからだよ。その気持ちを王様にも分けてあげたいんだ。お隣さんだって言ってたよ、愛情と花は大事にされないと育たないって」

「ルスラン……」

「父さんも母さんもそうでしょう？　お互いを大事にしてるから、あんなきれいな花びらを降らせることができるんでしょう？」

「もう。この子は」

ユディトが恥ずかしそうに苦笑する。

「だが、いいのか？　一度お城に上がったら、滅多なことでは帰ってこられなくなるぞ」

「わたしたちだけでなく、牛や羊たちとも、シビとだってお別れになるよ」

ふたりに畳みかけられ、ルスランは一瞬言葉に詰まった。

「それは……すごく、辛いと思う。ずっと谷で暮らすと思っていたし……」

この村を出てどこかへ行くなんて想像したこともない。〈花の民〉らしく谷で生まれ、谷で死ぬと当たり前のように思ってきたのだ。

「でもやっぱり、ぼくは行かなくちゃいけないと思う。……ファズイルさんがそんなことするような人じゃないと思いたいけど、ぼくが断ったせいで〈花の民〉のことを言いふらされて、心ない人々が大勢で押し寄せてくるようなことになったら、村の人たちに迷惑がかかる」

「それはそうだが……」

「でも、村のためにルスランを犠牲にするなんて」

「心配しないで、母さん。それにほら、向こうから『いらない』って言われるかもしれないし」

品性に欠けるとか、好みではないとか、そもそも王妃が男なんてあり得ないとか、断られる理由の方がたくさんありそうな気がする。そうなったらなんの蟠りもなく村に帰ってくるだけのことだ。

「それに、もしも……もしもだよ？　王様に気に入られたりしたらすごいことだよ。これまで隠れて生きてきた〈花の民〉がこの国の役に立つなんて」

そうなったら前代未聞、語り継がれるほど栄誉なことだ。きっと親孝行にもなるだろう。

ルスランは胸を高鳴らせながらまだ見ぬ相手に思いを馳(は)せる。

王様はどんな方だろう。やさしい人だろうか。怖い人だろうか。心に深い傷を抱えていると言っていたから繊細な人なのかもしれない。どんな顔で、どんなふうに笑うのだろう。どんな声で、どんな言葉を語るのだろう。会ってみたいと思った。

目の前の母は、父に出会った十五の時にはじめて花を降らせたと言った。今のルスランと同じ年だ。その時父は二十二歳。それがふたりの初恋であり、恋が成就した瞬間でもあった。

ずっと、そんな両親に憧れていた。いつか自分もそんなふうに運命の恋をしてみたいと。

――これが、はじまりかもしれない。

そう思ったらいても立ってもいられなくなって、ルスランは思いきって立ち上がった。

「決めた。ぼく、お城に行くよ」

サーリムとユディトは心配そうに顔を見合わせ、それから静かに嘆息する。昔から息子は一度言い出したら聞かないとよくわかっているのだ。

「いつも自分のことより人のことだな、おまえは。やさしい子に育ってくれたのはうれしいが……」

「それでもルスランの人生だものね。自分で決めたなら、しっかりね。応援してるからね」

「父さん。母さん。ありがとう」

立ち上がったふたりがその決意ごとルスランを抱き締めてくれる。

それから約束までの十日間は、村の人たちに別れの挨拶をしたり、動物たちをかわいがったりしているうちにあっという間に過ぎていった。


馬車の車窓を流れる景色がどんどん見慣れないものになっていく。

新天地への期待と不安に揺れながらルスランは別れの朝のことを思い返した。

あれから十日後――黒尽くめの男たちは再び谷にやってきた。

サーリムが申し出を受けることを伝えると彼らは深々と一礼し、支度金として一家の十年分の現金収入にも等しい金を差し出した。

その時の両親の驚きようといったら。

とんでもないと固辞しようとするふたりに代わって、ルスランはよろこんで支度金を受け取った。

これからは、自分の代わりに父親が動物たちの世話をしなければならない。お金があれば工芸品を作る仕事から解放される。

そう言って渋る父親にお金を押しつけ、ファズイルにもお礼を言った。

ルスランは両親と抱き合って別れを惜しみ、見送りに集まってくれた村人たちともひとりひとりと抱き合ってお別れをした。大切に育てていた牛や羊たちを順番に撫でては声をかけ、大好きなシビの額にもキスをして「いい子でね」と言い含めた。

シビはきっと、これが長いお別れになることをわかっていたのだろう。何度も何度も甘えるように身体を擦りつけてきては「行かないで」とクンクン鳴いた。

そんな声を聞くとやっぱり辛い。決心が鈍りそうになってしまう。

それでもルスランは運命に立ち向かう覚悟を決め、相棒をぎゅうっと抱き締めると、ファズイルとその従者たちに連れられて生まれてはじめて谷を出た。

村の境を踏み越える瞬間は禁忌にも似た思いを抱いた。子供の頃から「ここを越えてはいけない」と教えられてきたからだ。

意を決して境界代わりの杭を越え、頑丈なロバの背に跨がって険しい山を越えた。そこからは馬に乗り換えて悪路を行き、ようやく辿り着いた町で今度は馬車に乗せられて、さらに宿屋で一泊した後、こうして再びガタゴトと馬車に揺られている。

「——お疲れになりましたか」

向かいに座るファズイルに声をかけられ、ルスランはふっと現実に戻った。

「いいえ、そんな。座っているだけで疲れただなんて」

いつも谷を歩き回って動物たちの世話をしていた身だ。これしきで疲れるなんてとんでもない。

そう言うと、王の側近はおだやかに微笑んだ。

「お強い御方だ。そのお召しものもよくお似合いです」

「ありがとうございます。こんな素敵なものまで用意していただいて……」

身につけているのは、ファズイルが持ってきてくれたこの国の伝統衣装だ。

恥ずかしながら着方がわからず、言われるがまま踝までの青い長衣をすっぽり被り、宝石のついた豪華な腰帯を巻いた。さらには銀の首飾りや耳飾り、飾り短刀も嗜みとして身につけるよう言われ、ひとつひとつに四苦八苦しながらなんとか身支度を調えた。

結婚式の花嫁だってここまでめかしこんだりしない。だからなんだか不思議な気分だ。

それでも、短刀に埋めこまれた宝石がキラキラと光るたび、銀細工の耳飾りがシャラシャラと鳴るたびに、これから新しいことがはじまるのだと胸が躍った。

どれくらいそうして窓の外を眺めていただろうか。

太陽が真上を過ぎる頃、やっとのことで馬車が止まった。どうやら目的地に着いたようだ。

外から「失礼いたします」と声がかかり、ゆっくりと扉が開かれる。

「どうぞ、こちらへ」

「わぁ……！」

ファズイルに促されて馬車を降りたルスランは、目の前に広がる光景に感嘆の声を上げた。

なんという大きさ、なんという美しさだろう。

そこには見たこともないような巨大な白亜の城があった。

天を突く六本の尖塔(せんとう)に囲まれた中に、数えきれないほどの塔や建物が犇(ひし)めいている。それらは渾然(こんぜん)一体となって空に伸び、その頂点にブルーグレーの丸屋根を頂いていた。

信仰の対象さながらの荘厳さと、国力の象徴そのものの壮大さに圧倒される。

もっと近くで見たいと足を踏み出しかけたルスランは、だがその感触に驚いて立ち止まった。

「どうされましたか」

「いえ、その……固くて……？」

なんと言ったらいいのだろう。

戸惑いながら地面を指すと、ファズイルは「あぁ」と合点がいったように微笑んだ。

「石畳に驚かれたのですね。谷とはだいぶ違うでしょう。ここは石の都ですから」

「石の、都……？」

確かに彼の言うとおり、土の上を歩くのが当たり前だった自分にははじめて触れる硬質さだ。

ファズイルは頷くと、城の遥か彼方を流れる大河を指した。

「運河を使って石材を運び、でき上がったのがサン・シットです。海運によって拓かれたと言っても過言ではありません。人も、ものも、すべて水の力で運んできました」

広い国土を持つサン・シットの中でも城が築かれた南部は、昔から海洋貿易が盛んなのだそうだ。

一方で、北部は西の隣国ゲルヘムと東の砂漠を結ぶ交易路に当たり、各国の隊商が行き来している。

キャラバンという呼び名はルスランにも覚えがあった。

「ぼくの住む村にも来てくれましたよ。いつも塩やスパイスを分けてもらっていたんです」

「そうでしたか。どうりで彼らが〈花の民〉のことを知っていたわけです」

ファズイルは荷物を運んでおくよう従者に言いつけ、「さぁ、こちらへ」とルスランを促す。

歩き出した彼に遅れないようにルスランも小走りでそれに続いた。

立派な城門を抜けるとすぐ、石特有のひんやりした空気に包まれる。回廊には装飾アーチが幾重にも連なり、その向こうの中庭では色とりどりの花が咲き乱れていた。

――なんて素敵なところだろう……。

さっきから驚嘆のため息が止まらない。

キョロキョロとあちこちを見回すルスランに、隣を歩くファズイルが頬をゆるめた。

「珍しいですか」

「はい。とっても！」

「サン・シットは交易で栄えた国です。世界中から珍しいものが集まりますよ。それを求めて多くの人も……。ここは争いのない、平和なところです」

今の王から数えて四代前に、軍隊を持たない永世中立国として周辺国の承認を受けたのだそうだ。そのため、ファズイルが率いる王室付近衛隊がサン・シットで唯一の防衛手段だという。

そんな説明を受けながらいよいよ城内に足を踏み入れる。

中は一転、目を瞠るような幾何学装飾で満たされていた。

外観を堅牢（けんろう）で重厚な美とするなら、内部は繊細で豪奢な美そのものだ。伝統意匠のタイルといい、透かし編みのような窓といい、眩（まばゆ）いシャンデリアに至るまで言葉を失うほどに素晴らしい。

はじめて見る人工的な美しさに圧倒され、心を奪われながらも、同時に引っかかることもあった。すれ違う人たちのうち、何人かはあきらかにルスランを見て驚いたように立ち止まったり、あるいは窺（うかが）うような視線を向けてきたからだ。よほど場違いな存在に見えているに違いない。

「やっぱりぼく、王様のお相手にふさわしくないんじゃ……」

「とんでもない。そのようにおっしゃらないでください」

ファズイルが驚いたように立ち止まる。

「各国の伝令や商人などが日々訪れていますから、見慣れない人間がいるのは城では日常茶飯事なのですよ。ルスラン様の場合は……お美しいので、それで驚いただけです」

言葉を選ぶ間があったのが気になったものの、それを訊ねるより早く再び歩き出したファズイルに遅れないよう、ルスランも急いで続いた。

客人をもてなすための応接間や歓談の間、さらに武具の間や狩猟の間などを越えて、ファズイルは限られたものしか立ち入ることを許されない城の深部へとルスランを連れていく。

やがて彼は、観音開きの大きな扉の前で立ち止まった。

「謁見まで、こちらの控えの間でお待ちください」

ファズイルがすぐ隣の小さなドアを指す。

彼は執務室付の侍従に二、三言い置くと、そのまま大きな扉の向こうに消えてしまった。

「どうぞ。こちらへ」

「ありがとうございます」

侍従に促され、ルスランも控えの間に入る。

ドアが閉められ、ひとりになったことを実感するなり、「ふー……」と身体から力が抜けた。村を出てから一日半、緊張と昂奮で大忙しだったせいで思った以上に疲れたようだ

一息つく時間があって良かったと思いながら椅子に腰を下ろした、その時だった。

「――しかし宰相殿。それは拙いのでは」

「……！」

唐突に知らない声がする。

驚きのあまりビクッと身を竦ませたルスランだったが、そろそろと辺りを窺ううちに、それが隣の部屋のものだと気がついた。今まさに壁一枚隔てたところで誰かが話をしているのだ。

耳を欹てたところ五人、いや、もっといるだろうか。活発に議論が交わされている。

――これ、ぼくなんかが聞いてもいいのかな……？

執務室というからには国の政治に関わる話だろう。部外者の自分が触れてもいいものだろうか。

とはいえ、ここで待てと言われた以上、勝手に出ていくのも気が引ける。

それに、考えてみればこんな機会は滅多にない。村に戻ったら二度と経験できないことだと思うと好奇心が勝り、ルスランは思いきって椅子を立つなり壁に耳を押し当てた。

「相手は王族の血統に連なる御方。あまり無下になさっては……」

「その血統を利用して過去に反乱を企てた方だ。近衛隊が鎮圧しなければ今頃どうなっていたことか。その上、近頃はまた城に顔を出しておられるそうではないか」

「バラム様に追放命令が出て三年。そろそろ熱（ほとぼ）りも冷めた頃だと思っておられるのでは？」

「追放に頃合いもなにもない。そんなことを許していては、またいつ同じことが起こるやもしれぬ」

「宰相殿のおっしゃることはもっともです。ならばいっそ、爵位を没収されてはいかがでしょう？登城資格を失えばバラム様とて手も足も出ますまい」

「いや。あまり手荒なことをしては却（かえ）って反発を生む」

「陛下」

「それに、叔母上は隣国ゲルヘムのご出身だ。あちらの王族でないとはいえ、下手をすれば国際問題にも発展しかねない。これ以上、叔父上に言い訳の材料を与えてはならない」

「いやはや、困りましたな……」

どうもあまり楽しい話ではなさそうだ。重く嗄（しゃが）れた声が唸ったかと思えば、神経質そうな高い声が早口で捲し立てる。

その中にあって、威厳に満ちた声が響いた。

「このところ、叔父上の周囲で焦臭い動きがある旨の報告を受けた。側近のひとりが武器を扱う店に頻繁に出入りしているとか。直接の関係があるかはわからぬが、各職くれぐれも用心せよ」

「はっ」

「商人を装ってそれとなく店を監視させるとともに、近衛隊に街の見回りを徹底させる。ファズイル、後ほど詳細を。城内の対策についてもあらためて話し合いたい。別途機会を設ける」

「御意に」

　間もなくして人々が立ち上がる音が聞こえてくる。どうやら会議が終わったようだ。

　ということはつまり、これから謁見がはじまるということでもある。

　壁から身を離したルスランは、興味津々で執務室に続くドアに近づいていった、その時だ。

「わっ！」

　なんの前触れもなく目の前のドアが開いたかと思うと、入ってきた人物と鉢合わせしそうになった。豪奢な衣装に身を包んだ、いかにも身分の高そうな男性だ。

　そしてその後ろから、ルスランの叫びを聞きつけたと思しき男たちが数人傾れこんできた。

「何者だ！　陛下のお傍に忍びこむとは」

「あ、あの……」

「怪しいやつめ。どこかの間諜ではあるまいな」

「カン……？　ぼくはその、ここには連れてきていただいて……ほ、本当です」

　四方から詰め寄られてルスランは小さくなるばかりだ。

　この事態をどうすべきかと焦っていると、不意に「お待ちください」と聞き覚えのある声がした。

ファズイルだ。

彼は人波を掻き分けてやってくるなり、一同に向き直って頭を下げた。

「お騒がせして申し訳ございません。こちらの方は、私が陛下の名代としてこの国を方々探し歩き、ようやくお連れすることが叶いました陛下の花嫁候補のルスラン様でございます。会議が終わり次第謁見を賜りたく、こちらでお待ちいただきました」

彼がそう言った途端、周囲にいた男たちから「おおっ」という響めきとともに、「男が……？」というなんとも怪訝そうな声が上がる。

それでもファズイルは意に介した様子もなく、主君とルスランを引き合わせた。

「陛下、こちらが先日お話しいたしましたルスラン様です。……ルスラン様、サン・シット王国国王ナフルーズ様でいらっしゃいます」

紹介を受け、ルスランはようやくのことで理解する。

――もしかして、さっきぶつかりそうになったのって……。

もしかしなくともこの国の王だ。

「た…っ、大変失礼いたしました！」

声がひっくり返ったのも構わずルスランは慌ててその場に平伏す。危うく一国の王に体当たりしてしまうところだった。男たちが声を荒げるのも無理はない。

「面を上げよ」

壁越しに聞いていたより明瞭で張りのある声が降る。

そろそろと顔を上げたルスランは、相手を一目見た瞬間、雷に打たれたように動けなくなった。

「わ…」

最初に目に飛びこんできたのは切れ長の琥珀色の瞳。髪と同じ焦げ茶色の眉は男らしく切れ上がり、すっきりとした鼻梁から薄めの唇へと視線を誘う。褐色の肌は野性味にあふれ、長身のナフルーズをさらに雄々しく逞しく見せた。

豪華な銀糸刺繍の施された黒い長衣と肩幅の広い胴着を纏い、左右の腰に長剣を差した彼はまさに世を統べる王者そのものだ。眩い装身具さえ霞むほどナフルーズには堂々とした貫禄があった。

ファズイルの言った、家臣や国民から慕われているというのも頷ける。はじめて会った自分でさえ心奪われてしまうほどなのだ。目を見つめているだけで身体が熱くなっていくのがわかる。

――なんて……なんて素敵な方なんだろう……。

胸はドキドキと鳴りはじめ、視界からあらゆるものが消えていく。彼以外なにも見えなくなる。

勇壮という言葉ではとても足りない。畏怖の念さえ抱かせる圧倒的な存在感に胸がいっぱいになり、ルスランは感動に身をふるわせた。

――きっと、この方がぼくの運命の相手だ。

それは確信だった。

大切な相手に出会えたよろこびに身体中の血が沸き立つ。

これまで誰にも抱いたことのない想いが自分の中で芽生えていく。

「ナフルーズ様………」

その名を唇に乗せた瞬間、頭上からいっせいに花びらが舞った。

ルスランの髪色と同じく、しあわせの象徴のような桃色の花びらだ。ふわふわと降り注ぐ花を見て誰もが驚きの声を上げた。

「な、なんだこれは」

「花だ。花が降ってるぞ」

瞬(またた)く間に響めきが広がっていく。

その中でひとり、はじめて目にする己の花びらにルスランは胸を熱くした。

国王の花嫁にと請われ、連れてこられた城で運命の相手に出会えるなんて、なんてロマンティックなのだろう。

降り注ぐ花びらを両手に受け止め、そっと微笑む。

――ぼくも、母さんとおんなじ色なんだな。

甘やかな香りを放つ花びらは生まれたての恋を自ら祝福しているかのようだ。それをぎゅっと胸に抱き締め、ルスランは遠い故郷に思いを馳せた。

母ユディトが後の夫となるサーリムと出会った時も、きっとこんな気持ちだったのだろう。そして父のサーリムも。お互いに花を降らせるのを見てどんなにうれしかったことだろうか。

今ならふたりの気持ちがよくわかる。

〈花の民〉として、そしてひとりの人間として満ち足りた思いでナフルーズを見上げたルスランは、けれど彼がよろこぶどころか、顔を強張(こわば)らせていることに気づいてハッとした。

ナフルーズは切れ長の目を見開き、まじまじとこちらを見下ろしている。もはや睨(にら)むと言った方が正しいかもしれない。初対面の相手に向けるものとは思えない表情にルスランは息を詰めた。

〈花の民〉にとって、花を降らせることは一番の愛情表現だ。

だからもしかしたら、告白を不愉快に思われたのかもしれない。あるいは出会い頭にそんなことをするなんてはしたないと思われたのかもしれない。

とはいえ、己の意志でコントロールできないのが花びらだ。

――どうしよう……。

「立て」

戸惑っていると、ナフルーズに低い声で命じられた。

そろそろと立ち上がった途端、間合いを詰められ、至近距離から顔を覗きこまれる。信じられないものを見るような、それでも目を離さずにはいられないような強い視線だ。ルスランは息もできないまま美しい琥珀色の瞳が小刻みに揺れるのを見守った。

どれくらいそうしていただろう。

ナフルーズはとうとう我慢ならないとばかりに目を逸らし、そのままぐしゃりと顔を歪めた。

「ファズイル！」

苛立ちを叩きつけるように鋭い声が側近に飛ぶ。

「これはなんの真似だ。王の務めと断腸の思いで提案を受けてみれば、男とは……！」

「陛下、ルスラン様は〈花の民〉でいらっしゃいます」

「〈花の民〉、だと……？」

訝るナフルーズに、ファズイルは〈花の民〉が不思議な力を持つ少数民族であること、〈幸福の民〉とも呼ばれていること、さらには男性でも子供を産めることを説明する。

「馬鹿な……男が子を産むなどあるものか」

「私もはじめて聞いた時は半信半疑でございましたが、実際に村を訪れ、それが事実であったことを確認いたしました。ルスラン様の御母堂様も男性でいらっしゃいます」

ナフルーズが弾かれたようにこちらを見る。

一連の反応から、どうやら彼は〈花の民〉を知らなかったようだと察しがついた。

それなら、自分が花を降らせた理由はわからないだろう。告白が嫌だったから顔を顰(しか)めたわけではなさそうだ。

――良かった……。

嫌われたわけではないとわかってホッとすると同時に、当然ながら別の疑問も湧いてきた。

――じゃあどうして、あんな目でぼくを見たんだろう。

淡い初恋を焼き尽くすような眼差(まなざ)しだった。まるで大切なものを踏み躙(にじ)られたような目を……。

「ルスランといったな」

「は、はい」

考えに耽(ふけ)っていたところで名を呼ばれ、心臓がドクンと跳ねる。

「花はなぜ降る。それも〈花の民〉の力か」

単刀直入に訊ねられ、なんと答えるべきか少し迷った。

ただでさえ〈花の民〉のことで驚かせたばかりだ。正直に「あなたに恋をしたから」と言うのは、いくらなんでも不躾すぎる。相手は国王だ。これ以上失礼なことは慎まなければ。

ルスランは顔を上げ、畏怖とともにナフルーズを見つめた。

「陛下にお目にかかることができて、うれしかったからです」

決して嘘ではない。それだけでもないけれど。

ナフルーズは釈然としない顔で床の花びらを見つめていたが、ややあって切なげに目を細めた。

「そうか。…………戻ってきてくれたのかと……柄にもなく期待した」

ナフルーズがぽつりと呟く。自嘲に歪んだ寂しそうな横顔は、抜けない楔のようにルスランの胸に突き刺さった。

――どうして、そんなお顔を……。

訊ねたいのに言葉が出ない。

そうしている間にも「またあらためて」と言い残してナフルーズは部屋を出ていってしまう。ルスランは慌てて頭を下げながら、遠ざかる気配を追いかけるのだった。


城での生活がはじまってすぐ、あれ？　と思うことが何度かあった。

時々、自分を見てびっくりしたような顔をする人と出会すことがあるのだ。

思い返せば、はじめて謁見させてもらった時のナフルーズも険しい顔をしていたし、もしかしたら〈花の民〉というのは周囲から浮いた存在に見えるのかもしれない。

事実、世話係として髪を梳いてくれている侍女長のサンジャールも、ルスランを見て目を丸くした人のひとりだ。けれどそれも初対面の時の一瞬だけで、彼女はすぐににっこり微笑むと、ルスランをやさしく迎えてくれた。

褐色の肌に豊かな黒髪を垂らすサンジャールは、その明るく朗らかな性格で出会ったものみんなを虜にする。仲間に慕われているだけでなく、自分からも惜しみなく愛情を注ぐ彼女と接するうちに、ルスランもサンジャールのことが大好きになった。

ちなみに、侍女らしく女性用の長衣を纏ってはいるが、彼女はれっきとした男性だ。

もとは侍従として城に上がったそうだが、昔から男性としての振る舞いが性に合わなかったこともあって解雇を願い出たところ、有能な彼女を失うわけにはいかないと判断した家令が先代王に直談判して侍女として雇い直すことになったとか。

初対面ではルスランがサンジャールを驚かせたが、そんな話をされてルスランも同じくらい驚いた。今ではすっかり笑い話だ。

「ふふふ」

その時のことを思い返していると、サンジャールが「あら」と鳶色の目を細めた。

「どうしたの？　思い出し笑いなんかして」

「サンジャールさんとはじめて会った時のことを思い出していたんです。びっくりしたなって」

「男なのに侍女だから？」

「いいえ、それは全然。やさしい方で良かったなぁって」

性別を超えて務めを果たす姿は母親でよく見てきている。

それよりもルスランを驚かせたのはサンジャールの気遣いだった。

慣れないお城暮らしに気疲れを起こし、部屋に戻るたびへたりこむルスランの姿を見て「あたしが友達になるわ！」と申し出てくれたのだ。せめて自分の部屋にいる時ぐらいは肩肘張らずに過ごせるように、ルスランが心から笑えるようにと、友達のように振る舞うことを提案してくれた。

「曝け出すことに関しちゃプロなのよ。あたし相手なら安心でしょ？」

「はい。とっても心強いです」

にっこり笑うルスランに、サンジャールも鏡越しにウインクで応える。

丁寧に髪を梳ってくれるのを見ながら、ルスランは「そういえば」と話を続けた。

「初対面で思い出しましたけど……はじめて陛下にお目にかかった時に、『戻ってきてくれたのかと思った』って言われたんです。あれはどういう意味だったのかなぁ」

カシャン。

「……あ、あぁ、ごめんなさいね」

サンジャールが珍しく狼狽えた様子で落とした櫛に手を伸ばす。

「大丈夫ですか？」

「平気平気。ちょっと手が滑っただけだから」

大袈裟に手をふってみせると、サンジャールは明るい声で話題を変えた。

「それより、陛下にって頼まれてたお花、陛下付の侍女に渡しておいたわよ」

「わぁ。ありがとうございます」

ナフルーズとは最初に一度会ったきりだ。仕事の邪魔にならないよう控えてはいるけれど、本音を言えばもっと彼のことが知りたいし、もっともっと親しくなりたい。

そこでルスランは、ナフルーズの好きな花を届けてもらうことを思いついた。花束を見るたびに、花びらを降らせた自分のことを思い出してもらえたらと思ったのだ。

でき上がったのは真っ白な花束だった。谷では見たこともないような大輪の美しい花だ。

「よろこんでもらえるといいわね」

「はい」

そわそわしながら微笑み合っていると、取り次ぎがやってきてファズイルの訪問を告げた。

ナフルーズの予定をすべて把握している彼に、少しだけでも時間を融通してもらえないかと頼んであったのだ。

「失礼いたします。ルスラン様」

ファズイルは恭しく一礼すると、ルスランの期待に満ちた眼差しに心苦しそうに目を伏せた。

「お申しつけいただいておりました件ですが、畏れながら、会議が長引いておりまして……」

その後の予定を鑑みるに、わずかな余暇も捻り出せそうにないとファズイルは続ける。

ルスランはため息をつきそうになるのをグッと堪えて王の側近に一礼した。

「そうですか……無理を言ってすみませんでした。ファズイルさんもお忙しいでしょうに、わざわざ来てくださってありがとうございます」

叶うなら、ナフルーズと一緒に中庭を散歩してみたかった。色とりどりの花に囲まれ、いろいろな話をしてみたかった。

それができないなら、せめて。

「お贈りしたお花はよろこんでいただけたでしょうか？」

見上げるルスランに、ファズイルはますます顔を曇らせる。

「大変申し上げにくいのですが、陛下は下げておしまいになりました」

「え？」

「ルスラン様からのお心であると私も侍女も再三申し上げたのですが、仕事部屋には必要ないと……ならば私室にとお勧めしても、花はいらぬの一点張りで……」

告げられる言葉のひとつひとつが棘のように胸に刺さる。ルスランはサンジャールと顔を見合わせ、力なくため息をついた。

「ぼく、余計なことをしてしまったんですね。せっかくサンジャールさんが用意してくださったのに……ごめんなさい」

「元気出して、ルスラン。たまたまよ、ね？　たまたま」

「でも」

「気が乗らない時は誰にだってあるわ。陛下も戸惑っていらっしゃるのよ。あなたがとても……その、美しいから」

サンジャールがファズイルに視線を送る。

それを受けて、側近も大きく頷いた。

「とあることがあってからというもの、陛下は人が変わったようになってしまわれました。それでも国のため、民のために政務に邁進していらっしゃいます。そんな暮らしをもう何年も……ですから、ご自分の心を開くことにとても不慣れでいらっしゃる。長年お仕えしている私にでさえ、お心の内を話されることは滅多にございません」

ファズイルはナフルーズが子供の頃から傍で支えてきたのだそうだ。もう二十年になると言う。

「そんなに長い間お仕えしてこられたんですね。それなのに……？」

「私には未熟なところばかりですから」

「ファズイルは、陛下が最も信頼なさっている右腕よ。側近中の側近だもの」

「話を盛るな、サンジャール。……残念ながら陛下がお心を開いておいでなのは、幼いアイリーン様ぐらいのものです」

「アイリーン様……？」

「先代王の孫に当たる御方です。訳あって陛下に引き取られ、現在は離宮で暮らしておいでですが、庶子の子であったことから王位継承権や爵位はお持ちではありません」

聞けば、二歳の女の子だそうだ。あのナフルーズが唯一心を開いている相手と聞いて、俄然興味が湧いた。

「あの…、ぼくも、お会いすることはできるでしょうか」

「陛下がお許しになればすぐにでも」

「許可していただけるといいなぁ。どんな子なんでしょう。ぼくの先生になってもらえるでしょうか。陛下と仲良くなるための秘訣を教えてもらえたらうれしいなぁ」

瞬く間に夢がふくらむ。

けれどそんなルスランを見て、ファズイルは複雑そうな顔になった。

「……私は国のことばかり考えて、ルスラン様のご苦労に思いを致す努力が足りなかったようです」

「ファズイルさん？」

「花嫁にと申し出た私が言うのもおかしな話ですが、ここに来たことを後悔なさってはいませんか。大変な役目を背負わされてしまったと……」

思いがけない言葉に目が丸くなる。

「後悔だなんてとんでもない。ファズイルさんのおかげでぼくは陛下に会えたんですから……ぼくは感謝しているんですよ。ファズイルさんにも、毎日良くしてくださるサンジャールさんにも。それにお城の皆さんにも」

「ルスラン様……」

ファズイルは目を瞠り、それからしみじみと噛み締めるように目を伏せた。

「もったいないお言葉でございます。やはり、陛下にはあなた様でなければ」

はじめて会った時、ファズイルに言われた言葉が脳裏を過る。

——陛下を、そしてこの国をお救いください。

彼は一縷の望みをかけて谷にやってきたと言った。

それだけの強い思いを自分は引き受け、こうして城へ上がったのだ。

ならば、花を受け取ってもらえなかったぐらいでへこたれている場合ではない。

「よし！」

声に出して気合いを入れると、ルスランは勢いよく立ち上がった。

「ぼく、陛下にお茶を持っていきます」

城では食後やちょっとした休憩の時など、一日に何度も甘くまろやかな紅茶を嗜む。お茶があれば会議の疲れも癒えるだろうし、美しいガラス茶器は目にも楽しい。それでひと休みしてもらえればと考えたのだ。

「いいじゃない。お茶なら気軽に飲めるし」

賛成してくれるサンジャールとは対照的に、ファズイルは渋い顔になった。

「給仕は侍女の仕事。将来王妃となられる方にそのようなことをさせるわけには……それに、陛下は仕事を中断されるのがお嫌いです。また受け取っていただけないかもしれません」

「それでもいいです。頑張っていらっしゃる陛下になにかして差し上げたいんです」

「そこまでおっしゃるなら……」

渋々頷いたファズイルに連れられ、サンジャールとともに調理塔に赴く。そこで丁寧に支度を調え、真鍮製の紅茶ポットや砂糖壺、それにドライフルーツなどを盆に乗せると、三人でナフルーズのいる会議室に向かった。

話し合いはまだ続いているらしく、部屋に近づくにつれて意見が飛び交うのが聞こえてくる。

控えの間に入った瞬間、「なに!」と大きな声がして、ルスランはビクッと身を竦ませた。

「バラム様が反対勢力を焚きつけているだと？」

「もともと爵位の低い貴族の中には彼に取り入り、便宜を図ってもらおうとする輩もおりましたが、近頃は彼らを集めて怪しい動きをしているとのこと。取り巻きたちもバラム様の腰巾着として城内を我が物顔で闊歩しております」

「城の風紀は乱れる一方。その上さらに、兵を集めているとの噂もございます」

「それはまことか」

「バラム様の従者のひとりが傭兵隊長と密談しているところを手のものが目撃しております」

「よもや挙兵の相談ではあるまいな」

「また反乱を起こそうというのか。看過ならん」

以前にも増しておだやかではない。

おそるおそる目で問うと、ファズイルが嘆息とともに教えてくれた。

「以前もお話ししたとおり、サン・シットには軍隊がありません。代わりに、治安を維持するための民間団体があったのですが、諍いを力で解決するうちに荒くれものの集まりになってしまいました。これには我々も手を焼くばかり……そんな彼らをまとめているのが傭兵隊長と呼ばれる男です」

金で男たちを雇い入れ、仕事ついでに略奪や暴力などの悪行を重ねているのだそうだ。

そんな輩の手を借りてバラムが反乱を起こしたのが四年前のこと。

病に伏せた先代王から王位を簒奪しようとしたのだ。俄拵えの反乱軍はファズイル率いる近衛隊に返り討ちにされ、首謀者であるバラムをはじめとする一部の貴族は城を追放処分とされた。

「ですが、そんなことがあってもなお、きっぱり排除できないのが悩ましいところです」

「どうしてですか。悪いことをしたのでしょう？」

「バラム様は王族の血統に連なる御方。陛下の叔父上に当たる方です。立場上、強制はできません」

「そんな……」

性善説に基づいて自ら罪を償うよう求めることしかできないのだそうだ。

案の定、狡賢いバラムはなに食わぬ顔で城に戻ってきた。その彼が今、取り巻き連中や傭兵たちと連携しながら水面下で動いているかもしれないのだ。

——そんな人が身近にいるなんて……。

ただでさえ政務に忙しくしているナフルーズに心安まる時などないに等しい。

不安に胸をざわめかせながら、ルスランはなおも壁の向こうの話に耳を澄ませた。

「このところの叔父上のやり方は目に余る。議会にかける手筈を整える頃合いかもしれんな」

「陛下。よろしいのですか」

「これまでは俺も甥としてだいぶ目を瞑ってきたつもりだが、こうも怪しい動きをされては話は別だ。この国の王冠は父上より継いだ大切なもの。いくら叔父上でもそうやすやすと渡せるものではない。ましてや暴力による王位簒奪などもってのほか」

「ごもっともでございます」

「叔父上の周辺及び叔父上についている貴族らの行動を徹底的に監視し、動かぬ証拠を挙げるのだ。間者たちにはくれぐれも細心の注意を払うよう伝えよ」

「畏まりました」

「世界に平和を誓った永世中立国サン・シットにおいて、武力による衝突、支配は断じて許されない。一度目は一時の気の迷いと許しても、二度目の恩情はあり得ないのだ。この国では王の命令と議会の決定こそが力を持つ。それを骨の髄までわからせてやらねば」

物騒な話が一段落した頃合いを見計らってファズイルが中に入っていく。

しばらくすると会議室に続くドアが開き、ナフルーズが姿を現した。

「陛下」

ルスランは銀盆を手にしたまままっすぐにナフルーズを見上げる。会議の直後だからか険しい顔はしているものの、数日ぶりに仰ぎ見る彼は凜々しくてとても素敵だ。

気持ちが昂るあまり、ルスランの周りには花が降る。

けれど、ナフルーズはそれを見てもよろこぶどころか、顔を顰めるばかりだった。

「なにをしにきた」

「え？　あ、あの……」

突き放したような声にまごつきながらルスランは盆を掲げてみせる。

「陛下にお茶を差し上げようと思って参りました。お仕事の合間にひと休みしていただければ……」

「必要ない」

「え？」

「聞こえなかったか。必要ないと言った」

素気なく一蹴したナフルーズは、床に散らばった花びらに目をやり、眉をひそめた。

「今朝も花をよこしたな。おまえにとっては気遣いなのかもしれんが、俺は贈りものは受け取らん。今後も不要だ」

「陛下……」

呆然とするあまり、持っていた銀盆を落としそうになる。それを後ろで控えていたサンジャールがサッと手を伸ばして預かってくれた。

それでも、すぐには言葉も返せない。取りつく島のない言われように傷つきながらも、ルスランは必死に平常心を掻き集めて頭を垂れた。

「差し出がましいことをしました。どうかお許しください」

「陛下。私からもお詫びいたします。ルスラン様は陛下と親しくなりたい一心で……」

「ファズイル」

サンジャールの言葉を遮ってナフルーズの鋭い声が飛ぶ。

「俺に紛いものは必要ない。そのことはおまえが一番よく知っているだろう。……いや、だからこそ利用しようとしたのか」

「陛下！」

今度はファズイルが声を尖らせる番だった。

それでもナフルーズは構うことなく、もう一度花びらに目を落とす。

「会えてうれしいという意味だったたな。初対面でもないというのに……これは、放っておいた俺への当てつけか？」

「ち、違います」

「ならば、なぜ花を降らせた」

「それは……」

どう説明したらいいだろう。本当のことを言うわけにはいかない。

ぎゅっと唇を嚙むルスランを見て、ナフルーズは我に返ったように頭をふった。

「………すまない。言いすぎた。悩ましい問題が起きて気が立っていたのだ……許せ」

ナフルーズは目を閉じ、長い長いため息をつく。

「おまえを見ていると混乱する。だが、それはおまえ自身のせいではない。わかっている。わかっているのだ」

自身に言い聞かせるような苦しげな声に、彼の中にある葛藤が透けて見えた。

それはどういう意味だろう。

どうしたら楽になれるのだろう。

けれどルスランが訊ねるより早く、ナフルーズは大きくひとつ深呼吸をすると感情を削ぎ落としたもとの表情に戻った。

「二度とこのようなことのないように。ファズイル、サンジャール。肝に銘じよ」

「はっ」

「畏まりました」

踵を返した王は、側近を伴って会議室へと戻っていく。

声をかけることもできないまま後ろ姿を見送ったルスランは、サンジャールに促されふらつく足で控えの間を出た。

重たい石を呑まされたように胸が詰まって言葉にならない。

廊下の端まで来たところで気力が尽き、ルスランはとうとうその場に蹲った。

「陛下に、嫌われてしまいました……」

言葉にするとさらに悲しみが増してくる。

落ちこむばかりのルスランに、サンジャールは身を屈めるとやさしく背中をさすってくれた。

「考えすぎよ。ファズイルが言っていたでしょう、陛下はお心を開くことに不慣れだって……本当はうれしかったのかもしれないわ。うまく言えないだけよ」

「でも、ぼくを見ると混乱するって……」

「たまたまそんな言葉が出ただけ。ルスラン自身のせいじゃないとおっしゃっていたでしょう」

「そう、だけど……」

それでもあの時、確かに感じたのだ。ナフルーズの中に言いようのない苦艱があることを。剝き出しにされた感情を思い出し、ルスランはハッと顔を上げた。

「ぼくなんかより陛下が……陛下、とても苦しそうなお顔をされていました。どうやったら楽にして差し上げられるでしょうか」

「ルスラン……」

サンジャールの腕が伸びてきて、あたたかい胸に抱き締められる。

「あんな目に遭ってもまだ陛下のことを思ってあげられるの。あなたは本当にやさしい子ね」

何度も何度も背中を撫でてくれるのがうれしくて、ルスランはそっと目を閉じた。

まるで母親にしてもらっているみたいだ。そんなことを言ったら、独身のサンジャールは心中複雑かもしれないけれど。

しばらくして身体を離したサンジャールは、落ち着いた様子のルスランを見てくすりと笑った。

「こんなところ、誰かに見られたら怒られるわね。将来の王妃陛下を廊下で抱き締めるなんて」

悪戯っ子のような顔をする彼女に、ルスランもつられて笑ってしまう。

「とっても安心します。……あの、お気を悪くしないでほしいんですが、母に抱き締めてもらってるみたいだなぁって」

「あら、それは逆にあなたのお母様に失礼だわ。あたしみたいにゴツくないでしょう」

「サンジャールさんより小柄ではありますけど、ぼくの母も男性ですよ」

「へっ？」

サンジャールが目を丸くする。どうやら彼女も〈花の民〉を知らなかったようだ。

ルスランが掻い摘(つま)んで説明すると、サンジャールは目を輝かせながら胸の前で両手を組んだ。

「素敵ね、〈花の民〉って。同性同士だからって恋を諦めなくていいってことよね。それをあなたのご両親が証明してるんですもの」

「はい。とっても仲良しなんですよ」

「あなたを見てると愛されて育ったんだってよくわかるわ。素敵なご両親あってのことね」

故郷のふたりを褒められ、誇らしい気持ちがこみ上げてくる。

「いつか陛下とルスランも、そんな関係になれるといいわね」

「はい。そしていつか、陛下のお心も癒える日が来るように」

話しているうちに徐々にやる気が湧いてきた。

そうだ、自分はナフルーズのために城に来たのだ。こんなことでしょげている場合ではない。

「まだまだ、ぼくにできることを考えなくちゃ！」

さっきまで落ちこんでいたのが嘘のように元気よく立ち上がったルスランに、サンジャールは目を丸くし、それから大きな声を立てて笑った。

「あなたのそういう前向きなところ、大好きよ」

「ふふふ。ぼくもサンジャールさんの明るいお声、大好きです」

ルスランはサンジャールとともに意気揚々と廊下を歩きはじめる。

どうやったらナフルーズに受け入れてもらえるだろうか。

どうすればナフルーズの役に立てるだろうか。

長い廊下を歩きながら、ルスランはさっそくプランを練りはじめるのだった。

陛下のために、できることはなんでもしよう――。

そう心に決めたルスランは、礼儀作法やしきたりを学ぶことからはじめた。

自分を受け入れてもらうために、まずはここでの作法を覚えようと思ったのだ。王の婚約者として恥ずかしくない振る舞いをすることは、きっとナフルーズのためにもなるはずだ。

ならばと、ファズイルとサンジャールのふたりが指南役を買って出てくれた。この件はファズイルからナフルーズに上申され、事前に許可ももらってある。

かくして、美しい所作のお手本であるサンジャールからは礼儀作法やしきたりを、博学と謳われるファズイルからはこの国を中心とした地理や歴史について、それぞれ教わることになった。

「サン・シットは、東西貿易の重要拠点として古くから発展してきました。西側には隣国ゲルヘムが、東側には人の住まない広大な砂漠が広がっています。そのため、多くのキャラバンはサン・シットで休息を取り、我が国に珍しいものをもたらすと同時に、この国からも様々なものを遠い異国へ運んでいきました」

ファズイルがテーブルの上に紙を広げる。

そこには、様々な形をした大陸や島がいくつかの線で分割されていた。地図というのだそうだ。

「これが、我々がいるサン・シットです」

「わぁ。こんなに大きな国なんですね」

ファズイルは自国を指した後、その指を順番に滑らせていく。

「隣がゲルヘム。そのすぐ上がリッテンドルフ。さらにその西側には、ローゼンリヒトとアドレアがあります。北にはイシュテヴァルダやガムラスタが」

「ぼくの生まれた谷はありますか？」

無邪気に訊ねるルスランに、ファズイルは申し訳なさそうに首をふった。

「どの地図にも記載はありません。おそらく、存在自体を秘密にされてきたからではと」

「あ、そうか……」

言われてみればそのとおりだ。

しゅんとなるルスランに、ファズイルは「この辺りですよ」と山脈を指さしながら教えてくれる。

「ですが、地図に書きこむと民族の秘匿性が守られませんので、ルスラン様のお心の内に留めていてください」

「わかりました。ありがとうございます」

ファズイルは地図を丸めると、今度は国の組織について話しはじめた。

「先日もお伝えしましたように、サン・シットは永世中立国として機能しています」

やむを得ない自衛を除いて武力を行使しないことを誓約し、いかなる戦争からも中立を保つ義務を負う国のことなのだそうだ。サン・シットと条約締結した国々がその独立と中立を承認し、保障することで成立する。そのため、この国には近衛隊以外の軍隊は存在しない。

「いいことですよね。平和ですし、争わずに済みます」

「おっしゃるとおりです。軍隊の維持にも莫大な費用がかかりますから。ですが、その代償として、一方的に条約を破棄して戦いを仕掛けられた場合には防ぎようがないというリスクもございます」

「そんな可能性があるんですか」

「残念ながら、少し前まではございました。ですが今はゲルヘム王も御代替わりをされ、そのような心配はございません。隣国とは友好関係の証として様々な共同事業も進んでおります」

「それは良かったです。お隣さんとは仲良くしていきたいですもんね」

顔を見合わせ、微笑んだところで今日の授業が終了する。

仕事に戻るというファズイルを見送り、ルスランは散歩でもしようと廊下に出た。城の中はどこも豪華で美しいけれど、中でも繊細な天井飾りやアーチがある回廊はルスランの大好きな場所だ。

足取りも軽く主塔を出て、回廊に差しかかったところで、ふと、向こうから小さな女の子が走ってくるのが見えた。

年齢は二歳ぐらいだろうか。黄色い長衣の裾を翻し、後ろでリボン結びにした腰帯を靡かせながら元気よく駆けている。彼女が地面を蹴るたびに茶色いツインテールが軽やかに揺れた。

城内であんな小さな子を見るのははじめてだ。

かわいらしい姿から目が離せなくなり、つい足を止めて見入っていたルスランだったが、女の子が躓(つまず)いて転んだ瞬間、思わず「あっ」と声が出た。

彼女は起き上がった途端、大きな声を上げて泣きはじめる。

侍女たちの慰めに女の子は一瞬泣き止(や)んだものの、真っ赤になった手のひらを見てまたぽろぽろと涙をこぼした。痛かったのと驚いたので気持ちがあふれてしまったに違いない。

とても放っておけなくて、ルスランは急いで女の子に駆け寄った。

「痛かったね。でも、自分で起き上がれてとっても偉いよ」

急に話しかけられてびっくりしたのか、女の子は蜂蜜色の大きな目に涙を溜(た)めてこちらを見上げる。

まずは泣き止んでくれたことにホッとしながら、ルスランは微笑み目の前にしゃがんだ。

「かわいいお手々が早く良くなるように、おまじないをしてあげる」

「おまじ、ない……？」

「そう。痛くなくなる、おまじない」

ルスランはそっと小さな手を取ると、それを両手で上下から包む。

「痛いの痛いの、飛んでいけー！」

「わぁ！」

右手を払った瞬間、周囲にいた鳩が驚いていっせいに飛び立った。

「ね？　痛いのお空に飛んでいっちゃったよ。だからもう大丈夫」

安心させるようににっこり笑いかける。

しばらくきょとんとしていた女の子は、小首を傾げながら「……まほう？」と呟いた。

それがあんまりかわいらしくて、ついつい頬がゆるんでしまう。

「違うよ。でも、おまじないは使えるんだ」

「リンもやりたい！　リンもやる！」

「ふふふ。じゃあ、教えてあげるね」

それからはふたりで「痛いの痛いの、飛んでいけー！」をくり返した。さっきまでわんわん泣いていたのが嘘のようだ。侍女たちもホッとした様子でルスランに向かって頭を下げた。

「お手を煩わせまして大変申し訳ございません」

「いえいえ、気にしないでください。ぼくも小さい頃はしょっちゅう転んで、父や母におまじないをしてもらっていましたから」

父にやさしく背中を撫でてもらうたび、母に「大丈夫だよ」と抱き締めてもらうたびに、ぎゅっと縮こまっていた気持ちがほろほろと解れたものだった。

「痛みは、分かち合うことで和らいでいくものなんですよね。そういう意味では魔法なのかも」

ルスランの言葉に、侍女たちも目を細めて女の子を見遣る。

「良うございましたねぇ、アイリーン様」

「うん！」

服の汚れを払う侍女と少女を交互に見ながら、聞き覚えのある名前に、あれ？　となった。

――アイリーン様……？

そういえば、ファズイルから聞いた気がする。確か先代王の庶子の忘れ形見で、ナフルーズに引き取られた子のことだ。ナフルーズとも血のつながりがある女の子ということになる。

ルスランは吸い寄せられるようにしてもう一度アイリーンを見下ろした。

溌剌とした表情はまさに『エネルギーの塊』そのものだ。小麦色の肌も元気な彼女によく似合う。屈託のない笑顔は見ているだけで気持ちが明るくなり、ナフルーズが心を開くというのも頷けた。

いつもは離宮で暮らしているアイリーンだが、今日はたまたま用事があって登城したところだったのだそうだ。中庭は花が大好きな彼女の大事な立ち寄りスポットらしい。

ルスランは地面に片膝をつき、アイリーンに向かって手を伸ばした。

「ぼくはルスラン。きみのお友達にしてくれる？」

アイリーンはうれしそうに満面の笑みで「うん！」と頷く。

それを見た侍女が慌てて「アイリーン様」と窘めた。

「ルスラン様は、国王陛下のお妃様となられる御方ですよ。もっとレディらしくなさいませ」

「およめさんは、リンだもん」

アイリーンがぷうっと頬をふくらませる。

一瞬、きょとんとなったルスランだったが、すぐに意図を察して相好を崩した。

「アイリーンは陛下が大好きなんだね」

「すき！」

「どんなところが好き？」

「かっこいい、ところ！」

アイリーンは目をきらきらさせながら身を乗り出す。

「陛下はとても素敵な方だよね。凜々しくて、堂々としていて、それに背もとても高くて」

「しかも、とってもやさしいの」

「そうなんだ。完璧だね」

「ね！」

力強く頷くアイリーンの手を取ると、ルスランは彼女を連れて近くのベンチに腰を下ろした。

「ぼくね、アイリーンにずっと会いたいなと思ってたんだ。陛下はアイリーンが大好きなんだって。だから、どんな子なのかなぁって楽しみにしていたんだよ」

「へいかが？　ほんとに？　……ふうん。うふふ……」

アイリーンが小さな両手を口に当てて笑う。

「ねぇ、アイリーン。ぼくの先生になってくれないかな。陛下と仲良くなれる秘訣を教えて？」

「ええー……どうしよっかなぁー」

歌うように節をつけながらアイリーンはゆらゆらと身体を揺らした。大好きなナフルーズに大切に思われているとわかってうれしくてしかたがないようだ。

「えっとね、それじゃね、リンのすきなもの、つくってくれたら」

「好きなもの？」

「プシュカ！」

「……うん？」

それはいったいなんだろう。

首を傾げるルスランに、侍女が「アイリーン様のお好きなお菓子でございます」と教えてくれた。

「お菓子かぁ。そう来るとは思わなかったな」

「へいかも、すきなやつ」

「そうなんだ！　それはいいことを教えてくれてありがとう」

素直によろこぶルスランに、アイリーンは先輩として得意げに笑う。

「ライバルだけど、とくべつね！」

まさか、ナフルーズを巡ってライバル宣言されるとは思わなかった。

それだけナフルーズのことが大好きなのだろう。ナフルーズもかわいがっているそうだし、これはますます仲良くなる秘訣を教えてもらわなくては。

「ふふふ。ぼく、アイリーンに認めてもらえるように頑張るね。……でも、お菓子なんて食べたことないし、作り方もさっぱり……」

「だいじょうぶ。おしえて、もらお！」

「え？　わっ！」

むんずと手を摑まれ、引っ張られるまま中庭を横切る。

辿り着いたのは調理塔だった。アイリーンは勝手知ったるなんとやらでどんどん奥に入っていく。

「セルヴェルー！」

そしてこの小さな身体のどこからと思うほど大きな声で誰かを呼ぶと、ほどなくして、調理場からひとりの屈強な男性が現れた。

大柄で筋骨隆々の、いかにも強そうな人だ。日に焼けた褐色の肌といい、男らしく刈り上げた焦げ茶色の短髪といい、軍人と言われても頷けてしまう。とはいえ生成りの前掛けをしていることから、セルヴェルと呼ばれた彼は料理人なのだろう。

「おや、アイリーン様。こんなところまでよくおいでに」

威圧感さえあったセルヴェルは、だがアイリーンを見るなり破顔した。笑うと細い目がさらに糸のように細くなって人懐っこさが顔を出す。

どうやらふたりは顔見知りらしく、しばらく楽しそうに話していたが、ルスランの存在に気づいたセルヴェルは驚いたように目を丸くした。

「これはこれは、ご一緒にいらしたのはルスラン様じゃあありませんか」

「ぼくのこと、ご存じなんですか？」

「もちろんです。いずれ王妃陛下になられる御方だ。オレだけじゃなく、城で働く誰もがあなた様にお会いしてみてぇと思っているんです。この国に慶事をもたらしてくださるルスラン様に」

待ちきれなくなったのか、アイリーンがセルヴェルの前掛けをぎゅっと握る。

「ねぇ、セルヴェル。ルスランが、プシュカをつくりたいんだって」

「プシュカを？　お好きなんですかい？」

「いえ、それが……」

ルスランがわけを話すと、彼は「ガッハッハ！」と気持ちのいい声で笑い飛ばした。

「なるほどなるほど。アイリーン様の好物ですからなぁ」

「うふふ。だいすき！」

聞けば、セルヴェルは離宮で暮らすアイリーンが寂しくないように、しょっちゅうお菓子を作って差し入れているうちに仲良くなったのだという。甘いものに目がない同士なのだそうだ。

「ルスラン様はどんなお菓子がお好きで？」

「それが……食べたことがないので、よくわからなくて……」

「食べたことがない？　お菓子を？　一度も？」

セルヴェルは目を丸くした後で、「そんなら」と力強く頷く。

「今日をルスラン様のお菓子記念日にしましょう。オレだってサン・シットに来るまで食ったことはありませんでしたから。……ただし、病みつきになりますんでお覚悟を」

セルヴェルの笑みに戦々恐々としつつ、さっそくプシュカ作りがはじまった。

プシュカはパイ生地を何層も重ね、トッピングを乗せて焼いたこの国の伝統菓子だ。

まずは紙のように薄い生地に溶かしたバターを塗り、その上に次の生地を重ねる。この作業を六回くり返したところでルスランたちの出番となった。

「ささ、ルスラン様はこちらの緑の実を。アイリーン様は茶色の実をどうぞ」

セルヴェルから砕いた実を受け取り、まんべんなく生地にふりかける。たったそれだけのことでもやってみると楽しいものだ。特にアイリーンはにこにこ顔であちこちに木の実をばら撒いた。

大騒ぎしながらのお手伝いが終わったら、セルヴェルがまたバターを塗りながら生地を重ねていく。それを何度もくり返すことで、やがてこんもりとしたパイの層ができ上がった。

「こいつをオーブンで焼いていきます」

ナイフで賽の目に切り目を入れたパイをオーブンに入れると、セルヴェルは今度はシロップ作りに取りかかる。

手際よく小鍋で砂糖を煮詰め、レモン汁を加えれば甘酸っぱいシロップの完成だ。それをどうするのだろうと思って見ていると、なんと彼は焼き上がったばかりのパイをシロップで水浸しにした。

「ああっ！」

「せっかくサクサクのパイがって思ったでしょう。ところがどっこい、これがうまいんですぜ」

自信満々のセルヴェルができ立てのプシュカを切り分ける中、侍女たちが調理場の隅にテーブルと椅子を並べ、即席のお茶会会場が作られる。セルヴェルははじめ同席を遠慮しようとしたが、今回の功労者なのだからとルスランとアイリーンでお願いして、三人でテーブルを囲むことになった。

「それじゃ、いただきます」

「いたーき、ますっ」

「お相伴に与らしていただきます」

まだほんのりあたたかい焼き菓子から漂うバターの香りに胸を高鳴らせつつ口に運ぶ。

「ん……？　んんんんん！」

けれどプシュカを噛み締めた途端、ルスランは悶絶することになった。

生地に染みこませたシロップがじゅわっと口の中にあふれてくる。その衝撃的な甘さといったら、頭が割れるかと思ったほどだ。

「どうですかい。生まれてはじめてのお菓子の味は」

「あ、あ、あ……あま、い……とっても、甘い…、です……！」

身悶えながら答えると、セルヴェルとアイリーンは顔を見合わせてくすくす笑った。

「いやぁ、はじめて食べる方には驚かれるんですがね。これが不思議と癖になるんですよ」

セルヴェルはうれしそうに、他にもこんなお菓子が、あんなお菓子がと教えてくれる。その勢いと言ったらさすがは自他ともに認める甘党だ。

「お好きと言うだけあって、セルヴェルさんはとてもお詳しいですね」

「食うこと全般が好きなんでさ。……オレが生まれた国は昔はすごく貧しくて、腹いっぱい食うことなんてできなかったもんで、大人になったらみんなにうまいもん食わせてやれる料理人になろうって決めたんです」

「そういえばさっき、サン・シットに来るまでって言ってましたもんね」

「オレは龍人です」

セルヴェルは先の尖った耳を指す。

「オレが生まれたゲルヘムは龍人の王が治める国です。独裁体制が敷かれていた頃はそれは貧しくて……亡命者が後を絶ちませんでした。オレもそのひとりでさ。特に、サン・シットはゲルヘムからの

亡命者を積極的に受け入れてくれたんで、龍人も多く住んでいます。街の一角には龍人街もできたと聞きました」

「亡命？」

「身の危険を回避するために別の国に逃げることです。当時のゲルヘムは貧困だけじゃなく、横暴な王にいつ誰が殺されてもおかしくない状況でしたから」

「それは大変でしたね……。残された方々は大丈夫なんでしょうか」

「心配いりません。今の王は慈悲深い方だと聞いています。他国との国交も回復してずいぶん平和になったとか……。戻って見てみたい気もしますが、オレはこっちで所帯も持っちまいましたからね。サン・シットに骨を埋める覚悟でさ」

セルヴェルがそう言ってにっこり笑う。

閉ざされた村の中しか知らなかった自分にははじめて聞くことばかりだ。高揚感に包まれるまま、ルスランは大きく深呼吸をした。

ずっと、〈花の民〉だけが特殊な存在だと思っていた。

けれど、隣国には龍人と呼ばれる人がいる。もしかしたら彼ら以外にも自分と違う存在がいるかもしれない。そうだ、世界は広いんだ。この世にはまだまだ知らないことがたくさんあるはずだ。

胸を高鳴らせるルスランの横で、アイリーンがうとうとと居眠りをはじめる。

侍女がお昼寝に連れていくのを見送って、セルヴェルは感慨深げに目を細めた。

「今日は久しぶりにアイリーン様の元気なお顔が見られましたなぁ。侍女の方々もうれしそうで……ルスラン様がおいでになってから城はどんどん明るくなります」

「ぼくが？　そんな、ただの偶然じゃ……」

「偶然なんかじゃありません。使用人たちの間じゃあルスラン様の話題で持ちきりですぜ。ようやくこの国が息を吹き返す時が来たんです。うれしくってしかたありませんや」

それはどういう意味だろう。

目で問うルスランに、セルヴェルは少し間を置いた後で、「実は……」と真面目な口調になった。

「陛下が塞ぎこまれてからというもの、城の中は火が消えたようになったと聞きました。それまでの陛下は明るく溌剌として、よく笑う御方だったとか……」

けれど、先代王の庶子であるアイリーンの父親、つまり彼の異母弟が亡くなってからというもの、ナフルーズは深く悲しみ、それきり心を閉ざしてしまったのだそうだ。

「おかわいそうに……。親しい方を失ったら誰だって辛いですよね」

ましてや自分と半分血のつながった弟だ。途方もない喪失感だろう。

「そんなわけで、城の空気はいつも張り詰めてましてね。ずっと明るい話題なんてなかったんでさ。だからルスラン様が来てくださってうれしいんです。オレだけじゃなく、みんながそう思ってます」

「セルヴェルさん……」

これまで二度ナフルーズと対面し、そのたびに強い拒絶を感じた。どうやったら自分に心を開いてもらえるだろうと思案したけれど、すぐには難しいかもしれない。それだけのことがあったのだ。

「話してくださったことは、ファズイルさんやサンジャールさんもご存じでしょうか」

「ええ、もちろん。ただオレと違って、おふたりはアイリーン様のお父上と同じ時期に城におられた。面識もあったかもしれません。ナフルーズ様同様、思い出すのはお辛いはずです」

心の傷が癒えるには時間がかかる。言いたくないことだってあるはずだ。

やりきれないものを感じながらルスランはセルヴェルに向かって頭を下げた。

「言いにくいことだったでしょうに、教えてくださってありがとうございました」

「オレたちはルスラン様の味方です。陛下とルスラン様のおしあわせを心から願っております」

慈愛に満ちた眼差しに胸がじわじわと熱くなる。

「お土産（みやげ）に」と差し出されたプシュカの包みに一瞬躊躇（ちゅうちょ）し、それを大声で笑われつつも、ルスランは礼を言って調理塔を後にした。

偶然の出会いから、思いがけない経験をさせてもらったものだ。

感謝しながら回廊に差しかかったところで、向こうからナフルーズがやってくるのが見えた。

「陛下」

とっさに駆け寄りたい気持ちをグッと抑えてルスランはその場に跪（ひざまず）く。セルヴェルの話を聞いて、無遠慮に距離を詰めてはいけないと思い直したからだ。

けれど意外にも、ナフルーズの方から歩み寄ってきた。後ろにはファズイルや侍従たちもいる。

「ルスラン」

名を呼ばれ、心臓がドクンと高鳴った。

――陛下が話しかけてくださった。ぼくの名前を呼んでくださった。

わっと声を上げたいのを堪え、ルスランはますます深く頭を下げる。

「顔を上げろ。そう畏まることはない」

凛とした声に背中を押されるようにしてそろそろと顔を上げたルスランだったが、目が合った瞬間、顔を歪めるナフルーズに言葉を呑んだ。いつもそうだ。自分を見る時、彼は顔を曇らせる。

どうしたらいいのか戸惑っていると、ファズイルがふたりの間の膠着した空気を破った。

「こうしてお顔を合わされるのは数日ぶりのことでございましょう。陛下、その間にもルスラン様は様々なことを熱心に学ばれておいででしたよ」

ナフルーズが肩越しにファズイルをふり返る。

「ルスラン様は侍女や侍従にも常に愛情深く接しておられます。彼らの中にはルスラン様のお世話を毎日の楽しみにしているものもあるほどでございます。私の目から見ましても、城内の空気がとても和やかになりました。まさに〈花の民〉のお力かと」

「ほう」

低く呟いたナフルーズは、側近からこちらへ視線を移した。

「そうなのか」

「〈花の民〉の力かどうかはわかりませんが……でも、勉強はファズイルさんやサンジャールさんが丁寧に教えてくださるおかげです。一日も早く陛下にふさわしい人間になれるよう頑張ります」

そう言うと、ナフルーズはわずかに目を瞠った。

「俺に……？」

「陛下に恥ずかしい思いはさせられませんから。それに勉強はぼくにとって、お城で生きていくための学びでもあります。ここでは動物たちの世話をしたり、工芸品を作ったりする代わりに、やるべきことがたくさんあります」

「おまえはそんな暮らしをしていたのか」

「はい。とっても楽しいんですよ。……と言っても、陛下にお勧めはできませんが……」

「俺には立ち入らせないということか」

「そんなんじゃありません。ここからすごく遠いんです。途中でお尻も痛くなりますし……」

なにせ、一日半がかりの旅になる。道中は馬に乗ったり馬車に乗ったりと体力勝負だ。

それでも自分に興味を持ってもらえたことがうれしくて、ルスランは思いきって言葉を続けた。

「陛下に勉強のお許しをいただいたおかげで、毎日少しずつできることが増えていくのが楽しいです。自分の周りにどんな世界が広がっていて、どんな人々が暮らしているのか、知ることができてすごくうれしいんです。自分自身まで広がっていくようで」

「それは壮大だな」

「はい。すべて陛下のおかげです。ですから、迎えて良かったと思っていただけるようになることがぼくの生涯の目標です」

ナフルーズがハッとしたように目を瞠る。これまで何度も見てきたような剣呑とした表情ではない。彼の双眸は今はじめて新鮮な驚きに満ちていた。

「……おまえは不思議だ」

小さな呟きがこぼれ落ちる。

「よく考えれば、おまえもひとりの人間だったな。いきなり城に召し上げられて大変だったろうに、良くやっている」

「あ、あの……?」

意味がわからずきょとんとするルスランをよそに、ナフルーズはひとり納得したふうだ。その頬がわずかにゆるんでいることに気がついて、ルスランは戸惑いも忘れて思わず見入った。

——陛下がやわらかいお顔になった……それに、良くやってるって……！

はじめて褒められた。

はじめて認知されたと言ってもいい。

やっとナフルーズに向き合ってもらえたようで胸を高鳴らせたルスランは、勢いのまま持っていたプシュカの包みを差し出した。

「あの、よろしければこれを。アイリーン様と一緒に作ったんです」

「アイリーンと？」

ナフルーズが意外そうな顔をする。傍にいるファズイルたちもだ。

「さっき、散歩の途中で偶然お会いしたんです。転んで泣いていたアイリーン様をお慰めするうちに仲良くなりまして、それで一緒にお菓子を作ろうと……」

「どういうことだ」

「それは、その……」

「言えないのか」

ナフルーズにジロリと睨まれ、ルスランは内心飛び上がりながらも観念するしかなかった。

「じ、実はアイリーン様に、陛下と仲良くなる方法を教えてくださいとお願いしました」

「なに？」

ナフルーズが顔を顰める。反対に、ファズイルは今にも笑い出しそうだ。

「ぼくの先生になってくださいとお願いしたんです。そしたら、代わりに大好きなプシュカを作ってほしいと……」

そこまで白状したところでとうとうファズイルが噴き出す。

「失礼いたしました。ですが、実にアイリーン様らしいことです」

「ぼくをライバルだとおっしゃって……とてもかわいらしい方ですね。将来の夢は陛下のお嫁さんになることだそうですよ」

「おまえはそれをどんな顔で聞いていたんだ」

ナフルーズは眉間に深い皺を寄せ、頬がゆるむのを堪えるような、なんとも言えない顔になった。かわいがっているアイリーンに慕われているとわかってうれしいのだろう。それでも、王の威厳を崩すまいと頑張っている。

――こんなお顔、はじめて見た。

なんだかうれしくなってきて、ルスランはみんなでお菓子を作ったこと、プシュカがすごく甘くてびっくりしたこと、調理塔でお茶会をしたことを話して聞かせる。

「お城に上がってからはじめてのことばかりです。だけどそれが楽しくて」

「先ほどおまえは言ったな、自分自身まで広がっていくと。未知のものが恐ろしくはないのか」

「いいえ。楽しいです。……うまくいかないこともありますけど、でも、諦めたくないので」

諦めの悪さ、もとい、粘り強さには自信がある。

「そのおかげで陛下ともこうしてお話しさせていただけるまでになりました。諦めなかったからこそですよね。だから、それがとってもうれしいんです」

そう言うと、ナフルーズは心底驚いたようにルスランを見つめ、それからそろそろと嘆息した。

「おまえは、俺が思うよりずっと強い人間なのだな」

「陛下？」

「これは受け取っておこう」

ナフルーズがルスランの手からプシュカの包みを取り上げる。

その瞬間、シロップの甘みを思い出してルスランは大慌てて詰め寄った。

「あ、あのっ、とっても甘いので気をつけてくださいね。とってもとっても甘いので」

「言われずとも知っている」

「……あ、そっか」

考えてみれば当たり前だ。

「おまえも早く慣れろ」

しかたのないやつだと苦笑された瞬間、これまでにないほど心臓が高鳴った。

――あんなふうに、笑うんだ……。

満面の笑みではないけれど、はじめて向けられたおだやかな表情にトクトクと鼓動が速まっていく。

それに、慣れろとも言ってもらえた。

慣れるということは、ナフルーズの身の回りにあることを同じように体験し、深く理解するということだ。そうすることを許されるということだ。一時は嫌われたかとさえ思ったのに、近づくことを許してもらえるなんて。

「ありがとうございます！」

ガバッと一礼するルスランに、ナフルーズが怪訝な顔をした。

「なぜ礼を言う」

「陛下がおやさしいからです」

「やさしい？　俺が？」

「はい、とっても。ぼくに早く慣れろと言ってくださいました」

ナフルーズはいよいよわからないと顔を顰める。

それを見て、ファズイルが控えめながらも噴き出した。

――早く慣れたい。もっともっと陛下のことが知りたい。

うれしくて気持ちが昂ったせいだろうか、またしても盛大に花びらを降らせてしまい、ルスランは照れくささに頬を染めた。

今度はナフルーズも理由を追求することなく、ただじっと花吹雪を見上げている。

そんな彼を見ていると自分を丸ごと受け入れてもらえたようで、もっともっとナフルーズのために頑張ろうとルスランは心に誓うのだった。

＊

ルスランが城に上がって二ヶ月が過ぎた。

その間、ここで働く人たちともだいぶ打ち解けられたように思う。

未来の王妃にもかかわらず、相手が侍従であろうと下男であろうと分け隔てなく接するルスランにはじめは皆驚いていたものの、その人柄を知るにつれて慕ってくれるようになった。

ナフルーズに「早く慣れろ」と言われたおかげだ。この言葉が、ここに自分の居場所を作るのだという気持ちを強く後押ししてくれた。


季節は初夏を迎えようという頃。

隣国ゲルヘムと自国とを結ぶ橋の落成式が、ここサン・シットで執り行われることとなった。

長らく独裁体制を貫いてきたゲルヘムは他国との国交を断絶していたこともあり、これまで二国の間をつなぐものはなにもなかった。

何度橋を架けても、そのたびにゲルヘム軍に破壊され落とされてしまっていたからだ。そのため、隣国に渡りたいものは一度海まで出るか、あるいは北部にある交易路を使うしか手段がなかった。

諸悪の根源であったゲルヘム王が代替わりして早や二年。

友好関係の証として進められた共同事業のひとつとして、やっと両国の間に橋ができた。

建設にはどちらの国からも職人らが派遣され、力を合わせて築いたそうだ。落成式には国賓としてゲルヘム国王夫妻を招待し、盛大なセレモニーの後には晩餐会も予定されている。

日頃悩ましい問題を抱えるナフルーズも、今日ばかりは晴れやかな表情だ。

特に、式典用のサッシュをかけ、胸にたくさんの勲章をつけた彼の勇壮さは目に焼きつけたいほど素晴らしかった。ファズイルも近衛隊長としてキビキビと軍を指揮している。

それを後ろの方から見守りながら、ルスランははじめて経験する式典に密かに胸を高鳴らせた。

まだ正式に王族の仲間入りをしたわけではないルスランは、ナフルーズの隣に立つこともなければ招待客と言葉を交わすこともない。それでも、この二ヶ月いろいろなことを学び、セルヴェルからも龍人のことを教えてもらったおかげで感慨深さの一端を味わうことができた。

華やかなファンファーレが鳴り響き、式典がはじまる。

二国をつなぐ橋が披露され、まずはサン・シット王であるナフルーズが工事関係者を労った。続いて、ゲルヘム王が感謝の意を表す挨拶を行う。

ルスランのところから顔はよく見えなかったものの、銀色の髪をした小柄な人だったように思う。横暴な王から後を継いだと聞いていたから、筋骨隆々の大男を想像していたので少し意外だった。

演説の後は関係者で渡り初めを行い、落成式は滞りなく終了となる。

その後はサン・シット城に場所を移し、大広間にて橋の完成祝賀披露宴が行われた。

大切な客人を迎える際には必ず掲げられるというサン・シットの国章が壁を飾る。床にはラーレの紋章を織りこんだ絨毯が敷かれ、基壇に座った客人たちの前には薔薇水の入った手洗い鉢と、料理の盛られた大皿が次々に並べられていった。

羊頭の炭火焼きにはじまって、鵞鳥の窯焼き、鴨の網焼き、孔雀のスパイス焼きにピラフの葡萄葉包み、アーティチョークのシチューや蕪の葉のシチューなどご馳走ばかりだ。

ナフルーズの挨拶と食前の祈りに続いて楽器演奏がはじまり、宴はにぎやかに幕を開けた。

豪華絢爛な世界に内心圧倒されつつ、ルスランもサン・シットの一員として精いっぱいにこやかに振る舞う。この日のために社交のマナーを特訓してもらって本当に良かった。

豆のペーストをつけたパンを口に運びながらルスランはさりげなく周囲を見回す。

——こういうのも、国王の務めなんだな……。

自国を代表して他国をもてなし、親交を深め、互いの繁栄と安寧を祝う。

谷で暮らしていた頃はこんな世界があるなんて想像もしなかった。ナフルーズが国を守ってくれていたからこそ、自分たちはなにも知らずとも安心して暮らしていられたんだと今ならわかる。

誇らしさに胸を熱くしながら遠くに座るナフルーズを見遣る。

あまりにじっと見ていたせいか、彼はルスランの視線に気づいて顔を上げた。

「……！」

目が合った瞬間、心臓がドクンと跳ねる。まるで矢で射貫かれたように動けなくなり、ルスランは息を詰めたまま雄々しい人を見つめ続けた。

どうしてだろう。目を合わせたことなら何度もあるのに、はじめて会った時のように胸が高鳴る。

初対面の人たちを前に緊張しているのに、彼に見つめられた方がその何倍もドキドキしてしまう。

色めくルスランとは対照的に、ナフルーズは目を伏せ、またすぐに客人らとの食事を再開した。

――いけない。ぼくも見倣わなくちゃ。

ナフルーズにふさわしい人間になると決めたのだから。

ルスランはいったん動揺を呑みこむと、にこやかに招待客たちとの会食を楽しんだ。

しばらくして食事が終わり、一同は伝統舞踊を見るために小広間へと移っていく。

ナフルーズはどうするのだろうと思って見ていると、ゲルヘム国王夫妻を伴った彼に「ルスラン」と呼ばれた。

「応接間へ行く。おまえも」

「は、はい」

王族ではない自分が同席してもいいのだろうか。

不思議に思いながらもついていくと、部屋で基壇に座ってすぐ、ナフルーズはゲルヘム国王夫妻にルスランを引き合わせてくれた。

「私の婚約者のルスランです。……ルスラン、こちらはゲルヘム国王陛下ユリアス様、そして宰相であり、国王陛下の伴侶であられるカルディエム様だ」

「お目にかかれて光栄です。ユリアス様。カルディエム様」

ルスランはこの国の最敬礼を捧げる。

それに対して、ユリアスたちも両の拳を突き合わせてゲルヘム式の礼を返してくれた。

「ご挨拶の機会をいただき光栄です。ルスラン様。ユリアスと申します」

先に口を開いたのはユリアスだった。

たおやかな美貌の持ち主で、肩までの銀色の髪が動きに合わせてサラサラと揺れる。肌は透き通るように白く、柘榴色の大きな瞳が印象的な人だった。

金糸刺繍の施された白い詰め襟の長衣を纏い、右の肩から水色のサッシュをかけた姿は眩いほどの気品にあふれている。ルスランより四、五歳ほど年上だろうか。すっかり見入っていたせいで握手のために右手を差し出されてもすぐには気づかず、にっこり微笑まれてあたふたしてしまった。

「も、申し訳ございません。このようなことに不慣れで……」

「わかりますよ。ぼくも王位に就くまではそうでしたから」

「……『ぼく』……？」

ぱちぱちと瞬きをくり返し、それからユリアスとカルディエムを交互に見遣る。

そんなルスランにくすりと笑うと、ユリアスは「ぼくは、ルスラン様と同じく男性です」と教えてくれた。

「ふふふ。驚かれましたか」

「はい。その…、とてもお美しい方なので……」

けれど、本当に驚いたのはそこではない。

同性同士で結ばれるのは〈花の民〉だけだと思っていた。他の国でも、それも国王が同性を伴侶とすることもあるのだと知って、自分たちの関係が少し後押しされたような気持ちになった。

ユリアスはくすぐったそうな顔で伴侶と見つめ合っている。

彼が眼差しでなにか伝えると、今度はカルディエムがこちらに向かって一礼した。

「ルスラン様。お目通りの機会を賜り大変光栄に存じます。カルディエムと申します」

彫りの深い顔立ちに、男らしい褐色の肌。すらりとした長身の背には豊かな黒髪が波打っている。どこかエキゾチックな雰囲気を漂わせたカルディエムにまだ見ぬ異国の香りを感じた。

ユリアスとは対照的に銀糸の施された黒い詰め襟の長衣を纏っているが、落ち着いた色合いがまた堂々とした彼によく似合っている。年齢もユリアスよりだいぶ上の三十歳ほどだろうか。その眼差しは深く静かで、瞳の緑青色とも相まって深い海を思わせた。

だが最も目を引いたのは左目の黒い眼帯だ。

よほどの事情があるのだろうと目を逸らすルスランに、カルディエムはおだやかに微笑んだ。

「これは、祖国を救った代償です。私にとっては勲章のようなものなのです」

「代償、ですか」

「二年前の革命の際に」

カルディエムは己の尖った耳を見せ、龍人であることを教えてくれる。

「私は先代の王……いえ、ゲルヘム軍が侵略してくる前からその土地に住んでいた、ルクシュという少数民族の出身です。神官として王に仕えておりましたが、自分たちの誇りのために立ち上がることを決意し、革命を起こして国を取り戻したのです」

「彼は、周辺国との和平合意に尽力した立役者です」

「それを言うならあなたこそ」

ユリアスが横から口を挟めば、カルディエムも眉尻を下げて言い返す。

「ユリアス王は、ゲルヘム復興のシンボルとして国民から慕われておいでです」

「ぼくがなにかを成したわけではありません。皆さんが頑張ってくださったおかげです。……それに、ぼくは高貴な生まれでもありません。もともとは奴隷でしたし」

「えっ」

思わず声を上げてしまい、ルスランは慌てて両手で口を塞いだ。

「驚かれるのも無理はありません。そんな人は滅多にいないでしょうし……」

ユリアスは苦笑しつつ、自分が先代王とサン・ガルディーニャの姫君との間に生まれた落とし胤(だね)であったこと、奴隷として買われた先でカルディエムと出会ったこと、自身が『百年に一度の逸材』と呼ばれる〈七色の龍〉であることを教えてくれた。

「ということは、ユリアス様も龍人でいらっしゃるんですね」

「はい。耳は尖っていませんが……」

ユリアスは残念そうに眉尻を下げる。

ゲルヘムのふたりを見ているうちに、ふとセルヴェルの顔が思い浮かんだ。

「この城にも龍人の料理人がいます。亡命してきたと言っていました」

「そうでしたか。かつて多くの龍人たちが安住の地を求めて国境を越えました。私の弟も海を渡ってローゼンリヒトへ」

「カルディエム様の弟君も……」

「ゲルヘムにとってサン・シットは大切な隣国であると同時に、かつては救済の地でもありました。これからはそのご恩をお返しするためにも、そしてお互いの未来のためにも、さらに手に手を取ってともに発展してゆければと」

「心強いお言葉感謝いたします。サン・シットにとってもゲルヘムは大切な友人。これからますますその関わりが密になることを願っております」

ナフルーズが王としてそれに応える。

にこやかに一礼した彼は、なにかに気づいたように「そういえば」とこちらを見た。

「ルスラン。料理人のことなどよく知っていたな」

「一緒にプシュカを作った職人さんです。ほら、陛下にも召し上がっていただいた……」

「プシュカというのは、先ほどデザートに出された焼き菓子のことでしょうか？」

ユリアスが目を輝かせる。彼も甘いものが大好きなのだそうだ。

「はい。お気に召していただけたらうれしいです。陛下もプシュカがお好きなんですよ」

「ナフルーズ様も？」

話の矛先が自分に向いた途端、ナフルーズが顔を顰める。照れているのだ。

だからルスランはうれしくなって、手作りのプシュカをプレゼントした時の話を披露した。

「ご存じのとおりプシュカはとっても甘いので、気をつけてくださいと陛下にお伝えしたのですが、『知っている』と冷静に返されてしまって……考えてみれば当たり前ですよね。お好きなんですもん。それなのに、ぼくったらプシュカで頭がいっぱいになっていて」

「まぁ」

「ぼく、お菓子があんなに甘いなんて知らなくて、はじめて食べた時にすごくびっくりしたんです。嚙むとシロップがじゅわーっと出てくるでしょう？　あれには心構えが必要ですから」

「ふふふ」

「確かに」

ユリアスとカルディエムが楽しそうに頷く。

「プシュカは、ぼくが生まれてはじめて食べたお菓子です。そして、料理人の方に教えていただいて生まれてはじめて作ったお菓子でもあります。それを、プシュカがお好きな陛下に召し上がっていただけてとてもうれしかったんです」

「それぐらいにしておけ」

渋面で止めに入るナフルーズに、ルスランは慌てて口を塞いだ。ついついいつもの口調でお喋り(しゃべ)りに夢中になってしまった。

上目遣いにナフルーズをチラと見遣る。

そんな自分たちを交互に見ながら、ユリアスとカルディエムはおだやかに微笑んだ。

「サン・シットのおふたりはとても仲睦まじくていらっしゃいますね」

「なんてお似合いなのでしょう。もうすっかりご夫々のようで……」

「本当に。昨年はナフルーズ様に我々の結婚式にご列席を賜りましたが、今度は我々がお祝いに馳せ参じる番です」

賛辞の嵐にルスランは目を丸くする。

まさか、仲睦まじいと言われるなんて思ってもみなかった。出会ってしばらくは顔を合わせるたび睨まれたり、花を贈ってもお茶を差し入れても「必要ない」と一蹴されたほどだったのに。

——お似合いだって……。

そんなふうに言ってもらえるなんて。

——ご夫々のようだって……！

「そんなそんな……でもあの、うふふ……」

「なにが言いたいんだ、おまえは」

窘められるのさえうれしくて、くすぐったくて、ルスランは熱くなる頬を手で押さえながらそっとナフルーズの横顔を見上げた。

秀でた額にハラリとかかる前髪の一筋。高い鼻梁から唇へ続くなだらかなカーブには非の打ち所もなく、男らしく突き出た喉仏が上下するたびにナフルーズの色香を倍増させた。

豪華な衣装も、豪奢な装飾も、雄々しい彼の前では儚(はかな)く霞む。

熱の籠もった眼差しに気づいたのか、ナフルーズは嘆息とともに「困ったやつだ」と苦笑いした。

——本当に、なんて素敵な方なんだろう……。

大人びた笑みに胸がきゅんと甘く疼く。

気づいた時には音もなく桃色の花を降らせていた。

「……花？」

「ルスラン様の頭上から、花びらが……」

突然のことにユリアスたちが目を丸くする。

ルスランは大急ぎで床に落ちた花びらを掻き集めると、ふたりに向かって頭を下げた。

「驚かせてしまって申し訳ありません。ぼくはその、〈花の民〉なんです」

「〈花の民〉？」

「はい。カルディエム様と同じくぼくも少数民族の出身です。気持ちが高まるとそれが花びらとして形になる性質がありまして……」

「そうだったのですか。とてもきれいですね」

ユリアスは興味深げに花びらを見つめている。

「そのように言っていただけて光栄です。おふたりにお会いできたことがうれしくて、つい……」

和やかに話を終わらせようとした、その時だった。

「これが噂に聞く恋心なのですね」

「……！」

カルディエムの言葉にギクリとなる。

けれどそんなルスランに気づかない彼は、受け止めた花びらを見ながらしみじみと目を細めた。

「私の生まれ育ったルクシュは東西の交易路にもほど近く、そこを行き来するキャラバン隊から噂を耳にしたことがあります。〈花の民〉は、恋をすると美しい花を降らせるのだと……。伝承のように思っていましたが、まさかこうして目にする機会があろうとは」

「恋をすると？　本当ですか、カルディエム様」

ユリアスが驚いたように傍らの伴侶を見上げる。

カルディエムはおだやかに頷くと、桃色の花びらをユリアスに向かって差し出した。

「ロマンティックでしょう。その話を聞いた時は私も胸が高鳴ったものです」

「とても素敵ですね。うらやましいです」

カルディエムとユリアスが微笑み合う。

そんなふたりとは対照的に、ナフルーズは訝しげな顔でルスランを見た。

「はじめて会った時、おまえは花が降る理由を『会えてうれしいから』だと言っていたな」

「そ、それは……陛下にお目にかかれてうれしいと思ったのは本当です」

「だが、別の意味があるのだろう？」

いよいよ核心に迫られ、ルスランはグッと答えに詰まる。まさか「一目惚れしたんです」だなんて国賓もいる前で言えるわけがない。

それでもなんとか場の空気を悪くしないよう、ルスランは精いっぱい笑顔を作った。

「陛下はとてもご立派な方でいらっしゃいます。敬愛しないものはおりません」

「ルスラン」

「本当ですよ。臣下も民も、誰もが陛下をお慕いしています。ぼくもそのひとりです」

やり取りを見守っていたユリアスたちは、ルスランが照れ隠しをしていると思ったようで「我々も尊敬の念とともにナフルーズ様を慕うものたちです」と乗ってくれる。

それでも、ナフルーズの顔から戸惑いが消えることはなかった。

正直に打ち明けることができないまま時間だけが過ぎていく。

チクチクとした後ろめたさを抱えながら、ルスランはナフルーズの横顔を見つめ続けた。


客人たちがそれぞれの部屋に引き上げ、城が眠りについた夜。

寝間着の上にガウンを羽織ったルスランは、燭台(しょくだい)の明かりだけを頼りに、暗い廊下を王の私室へと向かっていた。

あの後、いくらもしないうちに「急ぎお耳に入れたいことが」と侍従がやってきて、ナフルーズが応接間を出ていってしまったためだ。ふたりだけで話がしたいというルスランの気持ちが通じたのか、ナフルーズはルスランにだけ聞こえる声で「あとで部屋に」と言いつけた。

直前のやり取りを思い出し、ルスランはそっとため息をつく。

「ぼくが嘘なんてついたから……」

王の伴侶となる身でありながら、不誠実だったせいでナフルーズにあんな顔をさせてしまった。

その上、慎まなければならない立場でありながら、花を降らせるという派手なパフォーマンスまで披露してしまった。自分ではどうにもならないとはいえ、失態は失態だ。誠心誠意謝って許しを乞うしかない。

護衛に取り次いでもらって中に入る。

ナフルーズは戻ってきたばかりだったのか、灯りも点けず、晩餐会の服のままだった。

「すみません。早く来すぎてしまいました。先に着替えをなさいますか」

「いや、いい」

基壇に腰を下ろしたナフルーズが自らの隣を目で示す。

けれどルスランはそれを辞し、テーブルに燭台を置くとナフルーズに向かって頭を下げた。

「お詫びをさせてください。……ぼくは、陛下に嘘をついていました。その上、大切なお客様の前であのような失態を……本当に申し訳ありませんでした」

暗い室内に沈黙が流れる。叱責を覚悟していたルスランは、全身を欹てるようにしてナフルーズの反応を待った。

けれど、彼は動かない。

「面を上げよ」

低く威厳のある声に意を決して顔を上げると、暗い夜空を背にしたナフルーズがまっすぐこちらを見つめていた。

「まずは正直に打ち明けた勇気を認めよう。だが、誰に対しても嘘はいけない。それはわかるな」

「はい。わかります……」

小さな頃から「嘘をついてはいけないよ」と教えられて育ったルスランだ。罪悪感に胸が痛む。

無意識のうちに唇を噛んでいたのか、それを見たナフルーズが小さくため息をついた。

「そう萎縮するな。状況を鑑みれば、おまえがとっさに嘘をついた気持ちも理解できる」

「……え？」

弾かれたように顔を上げる。

「花を降らせた相手に、その意味をそうやすやすと告白できるものでもあるまい。会えてうれしいと誤魔化すのがせいぜいだ。……事実、おまえがそんな感情を抱いているなど知らなかった」

「陛下」

「国王という立場にいれば嫌でも人が寄ってくる。腹に抱えたものが善意だろうと、悪意だろうと、それこそ容赦なくな。おまえもそのひとりなのだと思っていた」

「ぼくに悪意などありません。決して」

「だがおまえは、言うなれば強引に召し上げられた立場だ。俺を恨んでいてもおかしくない」

「恨むだなんて!」

とっさに大きな声が出る。嘘でもそんな誤解をしてほしくなかった。

前のめりになるルスランに、ナフルーズは「わかっている」と静かに頷く。

「疑って見たこともあった。だが今は、そうではないとわかる。おまえ自身が証明してみせたのだ。あの花びらでな」

ナフルーズは立てた膝に腕を置き、身を乗り出すと、挑むようにこちらを見上げてきた。

「訊いておきたい。俺といる時いつも花を降らせていたが、あれはそういう意味だったのか」

「……はい」

思いきってこくりと頷く。

その瞬間、場の空気が強張るのがわかった。ナフルーズは固く目を閉じ、押し殺すようにして息を吐き出す。

「はじめておまえと会った時、戻ってきてくれたのかと思った。もう一度、俺のもとへ来てくれたのだと……」

「陛下？」

「そんなわけはない。わかっている。それなのにおまえは俺を慕っているという。別人と知りながらやり直せというのか。これが神の与えたもうた罰なのか……！」

ナフルーズの肩が小刻みにふるえる。苦しげに心の内を吐露した彼は、それきり完全に沈黙した。

ルスランは声をかけることもできないままじっとナフルーズを見つめ続ける。窓から差しこむ月の光は彼の輪郭を浮き立たせ、どこか人ならざるものにさえ見せた。

それを、これまでなら神々しいと思っただろう。

けれど今は恐ろしい。

ゆっくりと頭を上げたナフルーズは見たことのない顔をしていた。惨痛を覚悟で塗り潰したような、怖いほど人間味を感じさせない表情だ。

それを見た瞬間、背筋がゾクッとなった。

——これから、良くないことが起こる……。

第六感がけたたましく警鐘を鳴らしはじめる。

「ここへ」

もう一度隣を手で示されたルスランは、今度は意を決して少し離れたところに座った。嫌な予感に心臓がドクドクと早鐘を打っている。

息を呑むルスランをよそに、ナフルーズは遠くを見るように目を細めた。

「――俺には大切な人がいる。もう二度と会うことのない……忘れられない人だ」

ナフルーズは胸に手を当て、その人を思うように目を閉じる。

「今、その方は……？」

ルスランの問いかけにゆっくりと目を開いたナフルーズは、ただ黙って首をふった。

「死んだ。流行病で。俺がついていれば死なせることもなかっただろうに」

「……っ」

絞り出された声に胸が詰まる。

だから、二度と会うことのない人なのだ。正確には、どんなに望んでも二度と会えない人なのだ。

それはどれだけ苦しいだろう。どんなに恋しいことだろう。

「お辛い思いをされていたんですね。陛下はずっと……ずっと苦しんでいらしたんですね」

好きになった人には、忘れられない人がいた――。

その事実がひたひたと押し寄せ、心の中を昏いもので塗り潰していく。

それでもルスランは懸命に顔を上げ続けた。

「その方は、どんな方だったんですか」

「おまえが訊くのか」

ナフルーズが眉をひそめる。自分を慕う人間が自ら深入りしてくるとは思わなかったのだろう。

だからこそルスランは力強く頷いた。

「ぼくは、陛下のお役に立ちたいと思っています。誰かに話すことで楽になることだってあります」

「おまえによく似た相手の話でもか」

「え？」

「おまえを見るたび、俺はアイランのことを思い出す。俺たちがともに在った日々、彼を失った辛い記憶も――」

ナフルーズは再び目を閉じ、大きく一度深呼吸をすると、意を決したように語りはじめた。

彼の父親は多くの愛妾を抱えた王で、そのうちのひとりに産ませた子供がアイランだった。

庶子として生まれたアイランには王位継承権や爵位は与えられなかったものの、母とともに小さな離宮で暮らすことを許され、そこですくすく大きくなった。早くに母親を亡くしたが、国王の恩情で離宮を追い出されることもなく、ひっそり生きていたという。

「そんな彼と出会ったのは俺が十七歳の時のことだ。正式に王太子として立てられた式典の帰り道、沿道で手をふっていたのが十六歳のアイランだった」

ファズイルに「あれが弟君のアイラン様です」と耳打ちされてはじめて知った。

愛妾やその子供たちは城の外で暮らすのが慣わしで、さらには公式行事に参加できないこともあり、一度も顔を見たことがなかったからだ。

「目が合った瞬間、自分の中でなにかが動き出すのを感じた。あんなことははじめてだった」

いてもたってもいられなくなったナフルーズは鷹狩りの帰りにアイランが住む離宮を訪ね、それがきっかけでふたりは親しくなった。

一度気を許してからは、それまでどうしていたのか思い出せないほどふたりは急速に心を通わせるようになった。半分血のつながった兄と弟でありながら、まったく違う世界で暮らしていたせいか、似たところを探す方が難しかった。だから気が楽だったのかもしれない。

はじめは王太子と庶子という身分の差に恐縮するばかりだったアイランも次第に打ち解け、友達の関係はやがて親友と呼べるまでになり、唯一無二の特別な相手として互いを意識するようになるまでそう時間はかからなかった。

保守的な人間の多いサン・シットにおいて、同性同士の恋愛が簡単に受け入れられるものではないことは百も承知で、しかも兄弟という関係性でありながら、それでもナフルーズはアイランを愛した。

一部の貴族から「王太子は頻繁に狩りに出かけては放蕩三昧をしている」と苦言を呈されてからは政務にも積極的に関わるようになり、外交関係でも実績を積み重ねていった。

先代王に「これでいつ儂が死んでも安心だ」と言わしめるほど結果を出すことにこだわったのも、すべては誰にも文句を言わせないためだ。

そうして気を張って過ごしながら、わずかな時間を掻き寄せるようにして逢瀬を重ねた。これにはファズイルの協力あってのことだ。幼い頃は遊び相手として、大きくなってからは第一の側近として傍にいたファズイルには、幼馴染みの初恋を応援したいとの思いもあったのだろう。

「俺の生涯で最もしあわせな二年間だった。燃えるようにすべてを愛し、そして同じだけ愛された」

けれど、すべてのものには終わりがある。

ふたりに転機が訪れたのは、ナフルーズが十九歳になってすぐのことだった。

「俺たちは引き裂かれた――――卑しいものどもの策略によって」

実の兄である国王を追い落とし、自分がその後釜に収まろうと考えた叔父のバラムは、手はじめにナフルーズを陥れることにした。「王太子は、異母弟と口に出すのも憚られるような淫らな関係に溺れている」と父親に密告され、アイランとの関係はたちまち露見することとなった。

ナフルーズに王位を継がせようと考えていた先代王は息子たちの不始末に激高し、バラムに情報の秘匿を誓わせるとともに、容赦なくふたりを引き裂いた。

ナフルーズは塔に監禁、アイランは離宮からの追放を命じられ、今後一切会うことを禁じられた。逆らった場合は刑に処すと言い渡されて、申し開きをすることも、抗うことさえできなかった。

「俺がアイランを見たのはそれが最後だ。俺の名を叫ぶ声が今も耳に残って離れない」

やさしく聡明な人だった。文字どおりすべてを失うことになってもアイランはナフルーズを責めるどころか、その身を案じてばかりいたと後になってファズイルから聞いた。

ナフルーズを思って身を引いたアイランは先代王の命令に従って宛がわれた妻を娶り、町の外れでひっそりと暮らした。

市井で働いたこともないアイランには苦労が絶えなかったことだろう。それでも彼には心やさしい妻がいた。アイランは人として妻を愛し、妻もすべての事情を知った上で夫を愛し、ふたりは四年後に娘をもうけた。

「それがアイリーンだ」

親子三人は慎ましく暮らしていたが、アイランが流行病にかかり、看病していた妻にも伝染して、ふたりは医者にかかる金もないまま乳飲み子だったアイリーンを残して亡くなった。享年二十二歳。あまりに早すぎる人生の終わりだった。

「彼の死の報せを受けた時のことを今でも覚えている――――魂が引き裂かれるような苦しみだった。たとえともにいられなくとも、一目会うことさえ叶わなくとも、彼が生きていればそれで良かった。生きてさえいてくれれば、それで……それだけで………」

ナフルーズは腕で口元を覆い、感情を抑えこもうとする。それでも肩が小刻みにふるえているのを見なかったことになんてできない。

「陛下。どうかご無理をなさらないでください」

「話せと言ったのはおまえだ」

「ですが……」

こうも傷口を抉(えぐ)っては苦しみに苦しみを重ねるだけだ。

せめてもと、話の核心から少しだけ離れてもらうことにした。

「離れている間のアイラン様のご様子を、どうしてご存じなのですか」

なにかを訊ねられるとは思っていなかったのだろう。

ナフルーズは緩慢な動作でこちらに顔を向け、目が合うなり辛そうに顔を歪めた。ルスランを見るたび亡き恋人を思い出すと言っていた彼だ。今もその面影を重ねて心を痛めているのだろう。

ルスランは慌てて袖で顔を覆った。

「気が利かずに申し訳ありません。ぼくはこうしていますので……」

「いい。おまえのせいではない」

ナフルーズが手を伸ばしてきて、強引にルスランの手首を摑む。

けれどその瞬間、彼は驚いたように目を瞠った。

「なんという細い腕だ。まともな食事をしてこなかったのか」

「いえ、そんな……母は工夫していろいろ作ってくれましたよ。でも、ぼくのいた村は昔から食材が限られるところですから。あるものをみんなで分け合って食べるんです。それが普通のことでした」

「そうか」

ナフルーズが小さく嘆息する。

「俺とおまえの『普通』はなにもかもが違うのだな。おまえは少ない食料を皆で分け合って食べる。俺は有り余るほどの食料をひとりで食べる。おまえたちは同性でも結ばれることができる。俺は……決して許されることはない」

彼の言葉のひとつひとつが自らを切り刻んでいくようだ。

ナフルーズは大きく深呼吸をすると、ふと思い出したように再び口を開いた。

「先ほど、離れている間どうしていたかと訊いたな。……見に行かせていたんだ。ファズイルに」

できることならナフルーズ自身が安否を確認し、自分のせいで大変な思いをさせてしまったことを謝りたかった。

けれど、父の命令に背けば今度こそアイランは殺される。王太子を誑かした罪として処刑される。だから、それだけはどうしてもできなかった。

逢い引きの手伝いをしてくれたファズイルは、自分が至らなかったばかりにバラムたちにつけ入る隙を与えてしまったと責任を感じ、自ら伝令となることを申し出てくれた。かくして一ヶ月に一度、ナフルーズはファズイルからアイランの様子を伝え聞くことだけを心の支えにして生き続けた。

そんな生活を四年も続けた頃。

ある日突然、アイランと彼の妻が幼子を残して亡くなったという報告を受けた。

前年に王位を継ぎ、国王となっていたナフルーズは、直ちに手篤い葬儀を行うとともに子供を引き取る手配をするようファズイルに命じた。件の相手の子を育てることについて側近はバラムの反発を危惧したものの、ナフルーズの気持ちを汲んで離宮で暮らせるよう手配し、今に至ると言う。

「ファズイルはすべてを見てきた男だ。俺以上に俺のことをよくわかっている」

アイランを失ってからというもの、喪失感と自責の念に苦しむナフルーズにいくら結婚を勧めても首を縦にふらなかった理由をファズイルはよくわかっている。アイランでなければだめなのだということも。

「はじめておまえを見た時、あまりに似ていて驚いた。アイランと出会った時のことを思い出した」

あぁ、そうか。

だから彼は、戻ってきてくれたと言ったのか。

だから皆は、自分の顔を見て驚いていたのか。

「アイランに生き写しのようなおまえなら俺が心を開くかもしれないと、ファズイルは一縷の望みをかけて引き合わせたのだろう。俺とこの国を思っての行動と理解していても……人の心はそう簡単に変えられるものではない」

その瞬間、ルスランはすべてを理解した。

あぁ、そうか――。

あの日、谷にやってきたファズイルは「〈花の民〉として陛下と国をお救いください」と言った。自分が花嫁に請われたのは、自分が〈花の民〉だからだと思っていた。

――そうじゃなかったんだ。

それも大事な条件のひとつだっただろうけれど、真の理由ではなかった。

――ぼくが、アイラン様によく似ていたから………。

自分は、身代わりにされるために連れてこられたのだ。

真実を知ってルスランは愕然(がくぜん)とする。

それなのに、自分は彼に恋してしまった。決して受け入れられることのない想いを抱いてしまった。自分がどんなに彼を愛しても、彼は自分を愛することはない。なぜなら自分は、彼が心に棲(す)まわせるたったひとりの人ではないのだから。

想い人を亡くしたナフルーズの辛さに寄り添わなければと思うのに、自分のことで頭がいっぱいになってしまう。ルスランは疼く胸に手を押し当て、懸命に痛みをやり過ごそうとした。

こんな痞(つか)えは知らない。

こんな感情は知らない。

はじめて恋心を抱いたがために、はじめての艱苦(かんく)に苛(さいな)まれる。

あぁ、お城には知らないことばかりある——谷にいた頃を懐かしく思い出し、ルスランはそっと目を閉じた。

大好きな父と母の顔が瞼(まぶた)に浮かぶ。

ふたりは恋を素晴らしいものだと言っていた。誰かと想い合えることは奇跡のようなものなんだと。本当にそうだ。奇跡というのは滅多に起こらないから奇跡と言うのだ。その言葉の意味を今ほど痛感したことはなかった。自分に奇跡は起こりそうにない。

ルスランは瞼を上げ、目の前のナフルーズを見つめた。

あれだけ近づきたいと思っていた彼がとても遠いところにいる人に思える。

きっと、自分たちの間には目に見えない大河が流れているのだろう。渡る術(すべ)を持たない自分はただ対岸の彼を眩しく仰ぎ見るばかりだ。

ひとつだけ、ナフルーズの心を摑む方法があるとするなら、それはアイランとして振る舞うことだ。彼が「帰ってきてくれたんだな」と言ってくれるその日まで。

――――虚(むな)しいだけだ。そんなことをしても陛下の心は救われない。

それでも、孤独は癒やせるかもしれない。別の人間を受け入れることはできなくても、夢の続きを見ていると彼が思いこんでくれさえすれば。

「……っ」

苦い思いに目を伏せる。

しばらく床を見つめていたルスランは、ふと顔を上げ、じっとこちらを見ていたナフルーズと目が合って息を吞んだ。葛藤を見透かされたようで怖くなったのだ。ナフルーズに、アイランとの違いに少しでも気づいてほしくなかった。

ルスランはとっさに目を逸らす。

それをどういう意味だと取ったのか、ナフルーズは静かに首をふった。

「安心しろ。おまえを身代わりになどしない」

「……！　どうして……」

「どうして？　おまえはそれを望むというのか」

ナフルーズやファズイルのことを思えば「はい」と言うべきだとわかっているのに、生まれ立ての恋心がそれを拒む。

答えを返せずにいるルスランに、ナフルーズは無情にも決定打をふり下ろした。

「たとえ顔が似ていようとも別人だ。おまえは、アイランではない」

「……！」

心臓に杭を打ちこまれたように息ができなくなる。

身動ぎひとつしなくなったルスランに、ナフルーズはため息とともに肩を竦めた。

「誰かにこんな話をしたのははじめてだ。つまらないことを聞かせてしまったな。……だが、これで俺のことも、そしてこれまでの経緯もわかったろう」

「陛下……」

「今後おまえの扱いをどうするかについては少し考える。無理を言って村から連れてきたのだ。悪いようにはしない」

まるで思いもしなかったところに着地する。

けれどそれきり話を切り上げられ、ルスランは呆然としたまま私室を出された。

彼が自分を個として尊重し、最大限に配慮してくれたのはよくわかった。

それでも、召し上げられた理由を知ってしまった以上、ただの代わりにもなれないことに心が打ちのめされる。きっと分不相応な恋をした罰だ。天と地ほども身分の違う人に自分勝手な想いを抱き、花を降らせるという方法で見せつけるような真似をしたからだ。

それなのにナフルーズはルスランを詰ったり、嫌悪したりはしなかった。

それどころか、自分の辛い過去を打ち明けてくれた。誰にも話したことがなかったという彼の心の内側を自分だけに見せてくれた。それだけでもう充分だ。

ルスランは痛む胸を押さえながら壁伝いに蹲る。こんなみっともない姿を誰かに見られでもしたらと思いながらも、もう一歩も歩けなかった。

大理石の床に手をつき、その冷たさにハッとする。

はじめて城に上がった時、なんと美しい場所だろうと心躍らせたものだった。あれはなんですか、これはなんですかと手当たり次第に訊ねてはファズイルを苦笑いさせたっけ。これから起こることに純粋に胸を高鳴らせていた。こんな未来が待っているなんてまるで思いもしなかったのだ。

「こんなに、冷たかったんだな……」

はじめて現実を突きつけられた思いだ。

透かし編みのような飾り窓から差しこむ光に誘われて、ルスランはそろりと窓辺に這い寄った。

夜空に浮かぶ、鋭い傷痕のような三日月。

まるで自分の心みたいだ。そう思った途端、蓋をしていた気持ちが一気にあふれ花びらの代わりに涙がこぼれた。

「ナフルーズ様…………」

愛しい名前を呼んだ瞬間、パリン、となにかが壊れる音がする。

「え?」

ルスランは驚いて辺りを見回し、そこではじめて周囲が暗いことに気がついた。

——そうだ。来る時は燭台を持っていたのに。

茫然自失になるあまり、灯りがないことさえ気づかなかった。こんなことははじめてだ。いつもは暗がりを怖いと思うのに、どうしてだろう、まるで心が動かない。

「……変なの」

力なく呟きながらルスランはぞんざいに涙を拭う。

のろのろと立ち上がると、力を失った身体を引き摺るようにして暗い廊下を歩きはじめた。


それからというもの、ルスランはぼんやりすることが多くなった。

心が空っぽになってしまったかのように、なにを見ても、なにを聞いてもちっとも響かない。

せっかく勉強を教わっても頭に入らず、ファズイルたちの貴重な時間を融通してもらうことに気が咎めて、今日はとうとう「体調が優れなくて……」と誤魔化した。

嘘はいけないとナフルーズに言われたばかりなのに。

それでもこの虚無感をどうやったら伝えられるのか、ルスランにはわからなかったのだ。喉の奥に重い石を押しこまれたような息苦しさと、冷たい風が吹き抜けるようなうら寂しさを表現するだけの言葉がなかった。

あの夜、なにかが壊れる音を聞いてから、自分は変わってしまったのだろうか。

甲斐甲斐しく世話を焼いてくれるサンジャールは、なにも食べたくないと言うルスランを心配して「それならお粥を作ってもらってくるわね」と出ていってしまった。

セルヴェルのところに行くのだろう。

彼とはプシュカ作りに協力してもらって以来だ。あんなに厳ついのに人懐っこく、「甘いものには目がないんでさ」と照れ笑いするセルヴェルを思い出して、ルスランはそっと目を細めた。

調理塔でのお茶会はとても楽しかった。

またあんなふうに手作りの焼き菓子とともに、ナフルーズとお茶が飲めたらどんなに素敵だろう。そこにアイリーンもいてくれたら……。

夢のようなことを思った後で、我に返ってハッとする。そんな分不相応なことを望んではいけない。考えてはいけない。

「大丈夫、わかってる」

自らを戒めるように呟くと、ルスランはベッドの上に起き上がった。

サンジャールにああは言ったものの、決して具合が悪いわけではない。それなのにお粥を用意する羽目になったセルヴェルにせめて一言謝らなくては。

ルスランは寝間着から白い長衣に着替えると、思いきって部屋を出た。

ここから調理塔へは中庭を抜けるのが近道だ。長い廊下を渡って階段を降り、装飾アーチの回廊へ差しかかったところで、ふと、見覚えのある後ろ姿が見えた。

サンジャールだ。すぐ横にはファズイルもいる。

駆け寄ろうとしたルスランだったが、ふたりが深刻そうな顔をしていることに気づいて足を止めた。とっさに柱の陰に身を隠し、様子を窺う。

「ルスラン、この頃とても元気がないの。あんな顔を見るのはじめてよ。陛下となにかあったんじゃないかしら」

「……！」

自分の話をしているとは思わず、声を上げそうになってすんでで堪える。

「どういう意味だ」

「だって陛下、ルスランに対してなにかときつく当たるでしょう。仮にも将来伴侶になる相手によ？　あれだけ似てたら混乱するのもわかるけど、でも、それにしたってルスランがかわいそうだわ」

「私がしたことは、間違っていただろうか」

「そんなに自分を責めないで。あたしがあなたの立場でも同じことをしたと思うもの」

「サンジャール……」

「はじめてルスランに会った時、まるで生き写しだって思ったの。陛下はすぐに気づくだろうって。どうしてそこまでそっくりなあの子を連れてきたのか、あなたから陛下の過去を聞いて納得もした。……それでも、人の心はうまくいかないわね。陛下のお心も、ルスランの気持ちも……」

耳を欹てながらルスランは目を瞠った。

――もしかして、ふたりはすべて知っていた……？

ドクンドクンと鼓動が逸る。無意識のうちに後退りかけた、その時だ。

「誰だ！」

ファズイルに鋭く一喝され、ルスランは驚きに飛び上がる。

「す、すすす…、すみません」

「ルスラン様！」

「ルスラン。歩き回ったりして大丈夫なの？」

ふたりもびっくりしたようで、目を丸くしながら慌てて駆け寄ってきた。

「盗み聞きしてごめんなさい。その…、体調不良っていうのは嘘なんです。なんて言ったらいいのかわからなくて……うまく言えなくて……」

サンジャールが苦笑しながらやさしく背中をさすってくれる。

「いいのよ。具合が悪いんじゃなくて良かったわ。それにセルヴェルのところに行く前だったもの。悪いと思って追いかけてきてくれたんでしょう?」

あたたかな声にホッとしつつ、ルスランはこくんと頷いた。

「少し座りましょう」

ファズイルに促され、中庭に面した基壇に腰を下ろす。

回廊の壁を凹型にくり抜いた歓談スペースだ。壁にぐるりと造りつけられたソファには五、六人が一度に座れるようになっている。本来、王族や貴族以外に座ることは許されていないが、ルスランが頼んでファズイルとサンジャールにも座ってもらった。

これから大事な話をするためだ。

ルスランはふたりの顔を交互に見つめ、それから静かに口を開いた。

「陛下からすべてを伺いました。過去になにがあったのか、ぼくがアイラン様によく似ているということも」

「……っ」

ファズイルが息を呑む。サンジャールもだ。

「陛下は、ぼくをアイラン様の代わりにはしないとおっしゃいました。その上で、どう扱うかを少し考えたいって」

「ルスラン様」

ファズイルがいても立ってもいられないというように基壇を立つ。彼は驚くルスランの前で跪くと、

その場で深々と頭を下げた。

「私が陛下に世継ぎをと願うあまり先走り、ルスラン様にお辛い思いをさせてしまったことを心よりお詫び申し上げます」

「そんな……顔を上げてください、ファズイルさん。ぼくは責めてるんじゃありません」

「ですが」

「はじめてお会いした時、『藁にも縋る思いでやって参りました』って言ったでしょう。今ならそのお気持ちがよくわかるんです」

ナフルーズの心には今もアイランが棲んでいる。そんな主君のためにと心を砕き、考え倦ねた末の行動だったと理解できるのだ。

「陛下にとってアイラン様はかけがえのない唯一無二の存在です。見た目が似ていたからといって、余所者を代用品になんてしないんです。ぼくは、そんな陛下のお心を美しいと思います」

誠実で、誇り高い人。代わりを差し出されても決して手を伸ばそうとしない。そんなところにさえ心打たれた。

「ルスラン。そんなふうに言わなくていいのよ。今はあなたの心にやさしくしてあげて」

見かねたサンジャールに抱き締められる。

「陛下のことが好きでしょう？　好きな人からそんな話をされて平気でいるなんて無理よ。あなたはもっと取り乱したっていいし、わんわん泣いたっていいのよ」

「サンジャールさん……」

力強い腕に気持ちがゆるみ、いっそみっともなく泣いてしまおうとしたものの、どうしてだろう、涙は涸れてしまったように一滴も出てこなかった。

きっと、自分はどこか壊れてしまったのだ。身代わりの役目も果たせないのだから当然だ。

ルスランは静かに身体を離すと、心配そうな表情のファズイルを見遣った。

「せっかく連れてきてくださったのにごめんなさい。それでも、陛下がぼくを形だけでも伴侶として迎えてくださるなら、務めを果たせるように一生懸命頑張りますから」

「ルスラン様」

「ぼくは、〈花の民〉で良かったってあらためて思うんです。せめて陛下に富や名声が集まるように努めます。だってぼくは〈幸福の民〉なんですから」

自分で自分をしあわせにすることはできないけれど、好きな人の役に立つことはできる。

ルスランはにっこり微笑むと、話を切り上げて立ち上がった。

ふたりと一緒に回廊に戻った時だ。

「おや。そちらにいらっしゃるのは陛下の婚約者様ではございませんか」

後ろから嗄れた声に呼び止められる。

ふり返ると、見たことのない男性が取り巻きを七、八人従えて立っていた。

年齢は五十歳ほどだろうか。肌は浅黒く弛んでおり、よほどの健啖家なのか胴回りも太い。豪奢な衣装を身に纏い、首や指に金の装飾をつけていることから一目で身分の高い人物とわかった。

「バラム様」

ファズイルとサンジャールがすかさず頭を垂れる。

——これが、バラム様……。

ルスランも慌ててそれに倣いながら全身で気配を探った。

ナフルーズとアイランの恋を先代王に密告し、ふたりを引き裂いた張本人だ。さらにナフルーズの王位継承時に反乱を企て城から追放されておきながら、勝手に戻ってきて居座っているとも聞いた。とても信じられない話だ。こんな厚顔無恥な人間が存在するなんて。

「これはこれは……参りましたな。いずれ王族の系譜に連なる御方がそのように頭を下げられては、まるでこの私に忠誠を誓われているようだ」

「バラム様。お言葉が過ぎます」

ファズイルが低く窘める。

けれどバラムは意に介した様子もなく、フンと鼻を鳴らしただけだった。

「お名前は確か、ルスラン殿とおっしゃったか。この老いぼれにもご挨拶をさせていただければと」

バラムがのたのたと巨体を揺らしながら近づいてくる。

ルスランはとっさに身を引きかけたものの、自分の不適切な行動でナフルーズに恥ずかしい思いをさせてはいけないと思い直し、意を決して相手を見上げた。

「はじめてお目にかかります。ルスランと申します」

「ほほう、こうして近くで見るとますますお美しい。同じ男ながら、やはり陛下のお相手ともなると美貌が不可欠なのでしょうな。アイラン殿もそれはそれは美しく、なんとも魅力的な青年でしたから。噂どおりよく似ておいでだ。陛下もさぞおよろこびでしょう」

「……お言葉ですが、陛下はそのようなことでお心を乱される方ではありません」

「おや、もったいない。せっかく類似品を宛てがわれたというのに……」

　バラムはチラとファズイルに目をやった後で、ルスランに向かって意味深に嗤った。

「ご存じですかな。陛下とアイラン殿は、腹違いの兄弟でありながらお互いしか目に入らない関係であったのですよ。その親密さと言ったら侍従も近づけぬほどの執心ぶりで……」

　バラムは左右に目を走らせ、「ここだけの話ですが」と声を潜める。

「陛下は男色の気がおありだ。王の器にふさわしからぬ、いかがわしい性質をお持ちでおられる」

「バラム様。陛下を愚弄なさるおつもりか」

　我慢ならないとばかりに前に出るファズイルに、バラムはまたも冷笑で応えた。

「愚弄だと？　私は事実を述べたまで。何度も逢瀬を手引きした己の罪を棚に上げてよくも正義感をふり翳せるものだ。その上、執着した男が死んだとなるや、そっくりの駒まで連れてくる始末」

「駒だなどと！」

「それ以外のなんだと言うのだ。男に男を宛がって、それでままごとをするとでも？」

　取り巻きとともに嫌な笑みを浮かべるバラムに、ファズイルが静かに殺気立つ。

　これ以上のやり取りを見ていられなくて、ルスランは思いきって「あの」と割って入った。

「確かにぼくは男ですが、陛下の御子を産むことならできます。ぼくは〈花の民〉ですから」

「……ほう？」

　バラムの濁った目がギラリと光る。

「これは驚きましたな。〈花の民〉は伝承上の存在とばかり思っていましたが、まさか本物にお目にかかれるとは……。いやはや、これも縁。ぜひ〈花の民〉のことを詳しくお聞かせいただきたい」

「え？」

「〈花の民〉と結婚したものは富や名声を得ると言うではありませんか。まさに奇跡を与える存在だ。それなのに、肝心の〈花の民〉がどこにいるのかわからなければ、その恩恵に預かることはできない。せっかくの力が発揮できなければ〈花の民〉にとってももったいない話だ。そう思うでしょう」

　口角泡を飛ばす勢いで捲し立てるバラムにルスランは心底ゾッとした。

　こういう考えを起こす輩から未婚者を攫(さら)われないよう、〈花の民〉は人里離れた谷で暮らしている。小さい頃から両親に言い含められて育ったけれど、まさか本当にそんなことを考える人間に会うとは思わなかった。

「申し訳ありませんが、村の決まりでお話しすることはできません」

「この私の申し出を断ると？　私が誰か、ご存じないわけではありますまい」

「はい。ですが……」

「あなたは」

　それまでと態度を一変し、バラムは有無を言わさぬ口調で畳みかけてくる。

「いずれ王妃陛下となられるお立場。私とは親戚同士ということになる。陛下の叔父として、多くの人間を動かす用意のある私に逆らったらどうなるか……おわかりですな。陛下の御身にも危険が及ぶ可能性があるのですぞ」

「なっ…」

　息を呑むルスランの前で、バラムは悠々と腰の剣に手をやった。

「先代王、我が兄より賜ったこの宝剣は美しい見た目に似合わず人の血が好物でしてな。特に、私に背くものの生き血を好むようにできております」

「……っ」

不敵な笑みに鳥肌が立つ。

すぐさまファズイルとサンジャールがルスランを庇うように立ち塞がった。

「バラム様。王のおわす城内でなにをなさるおつもりか」

「うるさい輩だ。まずはおまえで切れ味を試してみても良いのだぞ」

目を見開くファズイルに、バラムは勝ち誇ったように鼻を鳴らす。

彼の合図によって取り巻きたちもいっせいに各自の剣に手をかけた。まさに一触即発だ。

張り詰めた空気の中、ファズイルは運を計るように天を仰ぎ、肩越しにサンジャールをふり返って小声で告げた。

「ここは私が食い止める。合図したらルスラン様を連れて逃げろ。通用門だ」

「わかったわ」

ファズイルがラーレの紋章が刻まれた腰の剣に手を伸ばす。

「ほう、この私に楯突く気か。それもたったひとりで……近衛隊隊長殿の勇敢さには恐れ入る」

嘲笑に肩を竦め、バラムが目を閉じた瞬間をファズイルは見逃さなかった。

彼はすかさず、ピイイィッ！　と指笛を鳴らす。

「行け！」

それに驚く間もなく、鋭い声に背中を押されるようにしてルスランはサンジャールとともに通用門目がけて走り出した。

「逃げたぞ！　追え！」

すぐさま野太い声とともにいくつもの足音がふたりに迫る。

いつ追いつかれるか、いつ捕まるかと思うと怖くて心臓が口から飛び出しそうだ。

「ルスラン！　こっち！」

サンジャールが回廊の一角を指した。近衛隊専用の通用門で、有事の際は王族を脱出させることも想定されていると聞く。あそこから出れば人目にもつく。きっとどうにかなるはずだ。

あと少し。もう少し。それなのに。

「あっ」

「ルスラン！」

些細(ささい)な段差に足を取られてルスランの身体が大きく傾いだ。サンジャールが支えてくれたものの、もう遅い。体勢を立て直した時にはすでに取り巻きが自分たちを囲んでいた。

「残念だったな」

バラムに似た中年の男がニヤニヤ嗤いながら近づいてくる。

壁際に追い詰められたルスランを、それでも守ろうとサンジャールが前に出た、その時だった。

「なにをしている！」

空を切り割(さ)くような一喝が響く。

驚いて顔を向けると、今まさに向かおうとしていた通用門からナフルーズがやってくるのが見えた。背後には、その数二十は下らないだろう近衛兵たちの姿もある。

「へ、陛下！」

慌てた取り巻きたちは我先に逃げようとして押し合いへし合い、回廊は混乱の坩堝(るつぼ)と化した。

そのどさくさに紛れてバラムも逃亡を図ったようだが、近衛兵に囲まれてあえなく退路を塞がれる。

忌々しげに舌打ちした彼は、それでも体勢を立て直すとナフルーズに向かって恭しく一礼した。

「これはこれは、平和の象徴である御方が兵隊など率いておいでで……王の威光に傷がつきますぞ」

バラムの人を食ったような顔をものともせず、ナフルーズは静かに口を開く。

「たまたま近くにいたところ、その近衛兵たちから看過できぬ揉めごとが起きていると聞いてな」

「陛下と陛下の大切な方をお護りするのが近衛隊の使命でございますから」

ファズイルも横から話に加わった。

「我々は日頃の鍛錬のみならず、有事に備えて通用門を監視することも大切な役割のひとつと心得ております。気にかかることがあれば近衛隊隊長であるこの私に、万が一私が応じられない時は陛下にご報告するようにと」

つまり、さっきの指笛は合図だったのだ。

ファズイルが仲間を労うように兵士たちに目配せする。

それを受けて、ナフルーズがあらためてバラムに向き直った。

「もう一度問う。ここでなにをしておいでか、叔父上」

「ほほ。そのように睨まずとも。私はルスラン殿にご挨拶をしていただけでございますよ」

「挨拶だと？　それで剣を抜こうと言うのか。俺の伴侶となるものを斬り殺す気だったのであろう」

「とんでもない。私はただ、兄上より賜ったこの宝剣をご覧に入れようとしたまでのこと。その血を引く陛下が叔父をお疑いになるのですか」

「信じられるわけがない。反乱主導の罪で追放処分を受けておきながらも城に居座り、今なお武力によって事を荒立てようとしているものの主張など、真に受ける方がどうかしている」

「おやおや。そんなに怖いお顔をなさって……陛下は本当にお小さい頃から変わりませんなぁ」

バラムが人を小馬鹿にしたようにニヤニヤと嗤う。

相手が一国の王であろうと嘲笑を抑える気はないようだ。叔父と甥という関係上、自分を排除することはできないと高を括っているのだろう。豪胆ぶりには心底呆れる。

その彼が、チラと取り巻きたちに視線を送った。

それを受けて数人の男たちが表の門から回廊を出ていく。

「失礼。この後予定がございましてな。懇意にしている商人が東国の珍しい品を手に入れたようで、ぜひともこの私に献上したいと言って聞かないのです。なんでも大粒のダイヤだとか……それほどの品ともなりますと、やはり身につけるものの格というものも必要でございますからなぁ」

バラムの自慢は止まらない。

それに辟易しつつ、小さなため息をついた、その時だった。

「……！」

突然、背後から回された腕に首を絞め上げられる。

一瞬の出来事に、息を吸い損ねた喉がヒュッと嫌な音を立てた。バラムの取り巻き連中のひとりだ。この場を去ったと見せかけて、姑息にも裏から通用門に回りこんだのだろう。

「ルスラン！」

「動くな！」

ナフルーズが駆け寄ろうとするより早く、剝き身の刀身がルスランの喉元に突き立てられた。

「よく考えて行動するんだな。こいつがどうなってもいいのか」

場は水を打ったようにシンとなる。

そんな中、バラムは薄笑いを浮かべながら一歩、また一歩とナフルーズに歩み寄った。

「陛下は素晴らしい王でいらっしゃる。ですが、情に脆く脇が甘い。周辺国の介入を許すのも時間の問題。それではサン・シットに危機を招きます」

「……どういう意味だ」

「単刀直入に申し上げましょう。ルスラン殿を解放してほしくば、直ちに我々の追放処分を撤回し、かつご退位を決断いただきたい。それがお互いにとって最良の道でございましょう」

「なっ」

とんでもない要求にナフルーズがいっそう顔を険しくする。ルスランも耳を疑うばかりだ。

「罪人に王位を譲れだと？　そんな話が罷り通るとでも思っているのか」

「やれやれ。ご自分の置かれた状況がよくわかっていらっしゃらないようだ。陛下の決断にルスラン殿のお命が懸かっているのですぞ。それでもまだそのようなことが言えますかな？」

「な、んだと……っ」

「それとも、その地位にしがみつくのと引き換えに、幼気な少年を犠牲になさいますかな」

「……っ。ふざけるな！」

ナフルーズの一喝が空気を裂いた。

「おまえはかつて、俺の大切なものを奪った。それだけでは飽き足らずに王位簒奪の反乱を起こし、退位を迫り、その上さらに伴侶となるものまで奪うつもりか！」

ナフルーズは憎悪も露わにバラムを睨みつける。

そんな主のもとに歩み寄ったのはファズイルだった。

「陛下、ここはお任せください。バラム様は私が食い止めます」

「ファズイル……。わかった。ならば俺はルスランの奪還を」

側近の声に冷静さを取り戻したナフルーズは、ファズイルをはじめとする近衛兵らの抜刀を許し、自らもルスランを拘束している男に向き合う。ナフルーズが柄に手をかけるのを見て、バラムやその取り巻きたちも次々に腰の剣を抜いた。

空気が痛いほどピンと張り詰める。

固唾を呑んで見つめるルスランの前で、ナフルーズの目から感情が削ぎ落とされていく。

「よもやこのようなことになろうとは……穏便に済ませてやりたかったが、ここまでの侮辱を受けて黙っていられるほど俺は腰抜けではない。おまえの要求を呑む気はない。ルスランの命をくれてやるつもりもな！」

ナフルーズが剣を抜いた瞬間、ファズイルが動いた。

「かかれ！」

隊長の号令を合図に、近衛兵がいっせいにバラムたちに向かって突撃していく。剣同士がぶつかる金属音や男たちの絶叫が響き渡り、回廊はたちまち世にも恐ろしい戦場と化した。

——お城の中で、こんなことが起きるなんて……！

すぐ目の前で人々が剣を向け合っている。しかもその半分は大切なナフルーズと彼の家臣たちだ。

派手に血飛沫が上がるたび、それが相手方のものだとしても恐ろしさに胃の腑が竦み、生きた心地がしなかった。

そんなルスランとは対照的に、日頃から鍛練を重ねているファズイルたちは敵の剣をものともせず、勇猛果敢に攻めこんでいく。その統率の取れた動きといったら鮮やかで目を瞠るばかりだ。

ナフルーズも武人さながらに長剣を操り、ルスランとの間に立ち塞がる取り巻きたちを次々と薙ぎ払っていった。鍔迫り合いをしていた相手を力尽くで押し戻し、そのまま容赦なく切り捨てる。

「グッ……！」

「死にたくなくば退け！」

ナフルーズの怒号が回廊に響いた。

動きに合わせて彼の胴着が黒い軍旗のように靡く。

騒ぎを聞きつけてやってきた侍従たちはあまりの惨状に立ち尽くし、侍女たちは悲鳴を上げた。

ナフルーズの勢いに押された取り巻きたちは、ひとり、またひとりと逃亡を企てはじめる。誰もが自分の代わりに仲間を差し出そうと躍起になり、大混乱で情けないほどだ。

勝負がつくのも時間の問題かに思われた、その時だった。

「こうなりゃ、おまえだけでもやっちまうか」

「……え？」

物騒な呟きにギクリとなる。

弾かれたように首を捻ると、片腕でルスランを拘束していた男が粘ついた笑みを浮かべていた。

「悪く思うなよ。おまえにゃなんの恨みもねぇが、死んでもらわないとはじまらないんでな。それもこれも、陛下がおとなしく退位を選ばなかったからだ。恨むんなら陛下を恨め」

「や、め……やめてっ……！」

男が短剣を握り直す。

抗おうにも腕の力は強く、自分などではビクともしない。これまで味わったことのない恐怖に頭の中が真っ白になったルスランは、無我夢中でナフルーズに向かって手を伸ばした。

「陛下！」

「ルスラン！」

ナフルーズが目を見開く。彼は、自分たちの間に立ちはだかっていた取り巻き連中を一気に倒すと、そのまま勢いよく踏みこんできた。

驚いて腰を引きかけた男の右肘を剣の柄で一撃し、ルスランの喉に突き立てられていた短剣を叩き落とす。床に落ちたそれを遠くへ蹴り払うと、ナフルーズは勢いよく男の右腕を切りつけた。

「ギャアア！」

男はルスランを放り出し、絶叫とともに蹲る。

その腕から噴き出す鮮血に呆然としていると、グイと肩を引き寄せられた。

「大丈夫か」

「陛下……」

至近距離で見るナフルーズの額にはうっすらと汗が滲(にじ)んでいる。

「無事だな。良かった」

ルスランに怪我がないことを確かめたナフルーズは、すぐに近くにいた兵士に命じた。

「ルスランを安全なところへ」

「あの、陛下は……」

「俺はまだやることがある」

ナフルーズはそう言うと、身を翻してファズイルのもとへ駆けていく。

その先にはバラムの姿があった。あれだけ王を挑発していたにもかかわらず、自分たちが劣勢だと見るや、取り巻きを盾にしてでもこの場から逃れようと右往左往している。

ナフルーズは近衛兵らに周りを包囲させると、後ろで隠れているバラムに自ら剣を向けた。

「叔父上」

「ヒィッ！」

ギラリと光る刀身に驚いたバラムが情けない声を上げる。

取り巻きらの中にはバラムを庇うものもいるかと思いきや、波紋が広がるようにして彼の周りから人がいなくなった。その手のひらの返し方と言ったら哀れなほどだ。キョロキョロと辺りを見回し、味方がいないことを悟ったバラムは「あ…、あ……」と言葉にならない声を上げた。

指輪だらけの手から宝剣がガシャンと落ちる。

「終いだ」

尻餅をついたバラムの鼻先に、ナフルーズが剣を突きつけた。

「おおお、お待ちください陛下！　まさか、私を殺したりなさいませんな……？」

バラムはダラダラと冷や汗を流し、ふるえながら王に縋る。

「叔父と甥、同じ血を分けた間柄ではございませんか。これからは手に手を取って……」

「どの口がそれを言う」

ナフルーズが冷たく切り捨てる。怒気を含んだ低い声に辺りは一瞬で静まり返った。

「これまで俺が、どれだけ更生の機会をやったと思っている。王位簒奪を狙って反乱を起こした時ですら王族ということで穏便に済ませた結果がこのザマだ。かくなる上は一切の情を滅し、系譜からの抹消を持ってこれを処分する」

「お待ちください！」

「おまえに国外退去を命じる。爵位も領地も没収だ。議会にかける手筈はもう整えてある」

「陛下！　お情けを！　どうかお慈悲を！」

バラムは近衛兵たちに後ろ手に縛られ、押さえつけられながらも身を捩(よじ)る。腕に縄が食いこんでもお構いなしだ。

それでも王として、男として辛酸を舐めさせられてきたナフルーズが彼を許すはずもなかった。

「そこまで嫌なら選ばせてやろう――――すべてを捨てるか、それとも自ら潔く命を断つか」

「そ、そんな……そん、な……」

バラムの顔が絶望に塗り潰される。

「おまえはそれだけのことをしてきたのだ。俺がなにも知らないとでも思っていたか。おまえたちが武器の調達をしていたことも、傭兵を集めて挙兵の準備をしていたこともお見通しだ。今回のことで早めに芽を摘めたのは僥倖(ぎょうこう)だったな。今ここで処刑されなかっただけありがたく思え」

「陛下！　後生でございます、陛下……！」

涙と汗でぐちゃぐちゃになりながらバラムは必死に縋ったものの、口先の訴えが届くことはなく、ファズイルの合図によって連行されていった。議会の決定が下るまで別の城に監禁されるのだという。

取り巻きたちも同様に近衛兵に連れていかれ、回廊はようやくもとの静けさを取り戻した。

侍従たちがそろそろと戦いの後を清めはじめる。

息を吐き出しながらそれを眺めていると、「ルスラン」とナフルーズに名を呼ばれた。

「話がしたい」

「は、はい」

ルスランは皆に一礼すると、先に立って歩き出したナフルーズに遅れないようについていく。

連れていかれたのは王の私室だった。

ここに来るのはあの夜以来だ。ナフルーズの心に大切な人が棲んでいると教えてもらった。だからだろうか、自分がここにいてもいいのだろうかとなんだか後ろめたい気持ちになる。

それでも座るよう促され、ルスランはそろそろと基壇の端に腰を下ろした。

ナフルーズは侍女に命じてあたたかな紅茶を淹れさせる。差し出された洋梨型のガラス茶器からは、やわらかな湯気と芳しい香りが漂ってきた。

「飲むといい。気分が落ち着く」

「ありがとうございます」

感謝とともに甘くまろやかなお茶を啜る。昂っていた心が鎮まるのを実感したルスランは、茶器を置き、ナフルーズに向かって頭を下げた。

「騒ぎを起こして申し訳ありませんでした。ぼくなんかを命懸けで守ってくださって……不謹慎だと叱られてしまうかもしれませんが、すごく、うれしかったです」

身代わりにもならない人間なのに、身を挺して守ってくれた。

「それでも、もう二度と危ないことはしないでください。万が一陛下になにかあったらぼくは生きていけません。ぼくは、自分が死ぬより陛下が傷つく方が嫌です」

「な……」

ナフルーズが驚いたように目を瞠る。

彼は大きくひとつ深呼吸をすると、茶器を置いて居住まいを正した。

「俺の方こそ、おまえに謝らなければならない。危ない目に遭わせてしまったのは俺の責任だ」

「陛下」

「もっと早く決着をつけておくべきだった。まさかあんなことになるなど……これまでも隙を見せたつもりはないが、血縁者だからとどこか甘いところがあった。それが叔父上を増長させたのだろう。本当に、すまなかった」

真摯に詫びるナフルーズに、今度はルスランが驚く番だった。

騒ぎの原因を作ったと叱責されて然(しか)るべきところ、その非を被り、さらに謝罪までするなんて。

——なんてやさしい方だろう……。

胸がぎゅっとなる。

けれど、ナフルーズがどこか遠い目をしていることに気づいてルスランはギクリと身を強張らせた。

この眼差しを知っている。自分ではない、あの人を想う時の目だ。

「もはや叔父上と呼ぶことすらしたくない……あの男は、かつて俺とアイランを引き裂いた張本人だ。そんなやつが今度はおまえを盾に揺さぶろうとしてきた。人質にされたおまえが殺されそうになっているのを見て、真っ先に昔のことが蘇った。今度こそ守らなければと……！」

それはつまり。

――陛下が本当に助けたかったのは、ぼくじゃなかった。

ズキン、と胸が痛くなる。

寂しさが風となって心の中を吹き抜けていく。

それでも守ってもらえたことはうれしかったし、自分にとって彼が命より大切な存在であることに変わりはない。すべてを擲って駆けつけてくれた。自分を助けるため身を挺して戦ってくれた。

ナフルーズの勇姿を思い出し、いけないと思いながらもルスランは胸を高鳴らせた。

「あ…」

その瞬間、どこからともなく花びらが降る。

いつもと違って少し色褪せた花が数枚、ひらひらと落ちてきただけだったけれど、彼に対して心が動く自分がうれしくてルスランはそっと目を細めた。

ナフルーズは戸惑った様子で花とルスランを交互に見ている。

「この状況でなお降らせるのか。俺は、おまえにアイランを重ねて見たと言ったんだぞ」

「はい。理解しています」

「ならば」

「辛い過去を思い出されてどんなに苦しかったでしょう。ぼくが命拾いをしたことで、陛下のお心がこれ以上傷つくことがなくて本当に良かったです。ぼくにとって陛下は命より大切な存在ですから、いつまでも健やかであってほしいんです」

嘘偽りのない、本当の気持ちだ。

花びらを胸に抱き締めるルスランを見て、ナフルーズは衝撃を受けたように目を瞠った。

「なぜだ……どうして、そこまで思える」

「陛下？」

「おまえのようなものははじめてだ。こんな…、こんな………」

ナフルーズは己に問いかけるように両の手のひらをじっと見つめる。

その手を握り締めていくに従って彼の心にも変化があったのか、小刻みに揺れていた双眼はやがて落ち着きを取り戻した。

大きく息を吸いこんだナフルーズが静かに話しはじめる。

「王族に生まれるというのは、決していいことばかりではない。赤子の頃から今に至るまで、財産や権力を目当てに近づいてくるものがたくさんいた。自分勝手な欲望を美辞麗句で包んだ会話ばかりだ。俺にも人としての心があるなど、誰も想像しなかっただろう」

アイランとのことを執拗に嗅ぎ回ったり、あらぬ噂を吹聴したり、さらには快楽や薬に溺れさせて無能な王にしてしまおうと策を弄するものもいた。

そのせいで気が狂いそうな屈辱と悲しみ、そして深い孤独にたったひとりで耐えるしかなかった。心を閉ざし、誰も立ち入れぬようにしたのは自分で自分を守る最後の手段だったのだとナフルーズは力なく目を伏せた。

「こんな生活を何年も続けている。俺の心などとうの昔にすり減り、なくなってしまった……そう、思っていた」

琥珀色の瞳に光が宿る。

「不思議なものだ。おまえだけは違うとわかる。婚約者という立場を利用して恋を押しつけることもできように、おまえは決してそうしない。俺が受け取れないと知っているからだ。俺の心に寄り添うことを最優先にしているからだ。なんといじらしいことか」

「陛下……」

「想いを寄せた相手が過去に囚われているというのは、どんなに辛いことだろうな。……今はじめておまえの気持ちを思うに至った。許せ」

まっすぐに告げられ、息が止まった。

想いを受け止めてもらえたわけではない。関係性はなにひとつ変わらない。それでも、向き合ってもらえたことがこんなにもうれしい。

「陛下はとてもおやさしい方です。そんな方のお心が、どうしてなくなってなどいるでしょう」

「出会った頃を思い出してもそう言えるか。……俺は、おまえに過去を打ち明けてからというもの、自分にも心があったことを思い出した。同時に、いかに強張り、身動きが取れなくなっていたのかも痛感した。俺は、おまえとはなにもかも違う。信じられないと思うならなんでも訊ねてみるがいい」

「なんでも……？」

「あぁ。なんでもだ」

力強く頷くナフルーズに、けれどルスランは戸惑うばかりだ。

「ぼくなどが、陛下のお心に触れてもいいのですか。大切なものではないのですか」

彼の心にはアイランがいる。誰も足を踏み入れてはならないナフルーズだけの聖域のはずだ。

そう言うと、ナフルーズは眉を寄せ、痛ましいものを見るように顔を歪めた。

「なぜ、そんなにも己を殺そうとする」

「殺してなんかいません。ぼくは命より、心より、陛下が大切なんです。それだけです」

言葉にすると同時に、またひとひらの花びらが降る。ルスランは手を伸ばして行き場のない恋心を拾い上げると、そっと胸に抱き締めた。

なにも望まず、すべてを包みこもうとするルスランをナフルーズは瞬きもせずにじっと見つめる。その眼差しは怖いくらいに真剣で、小刻みに揺れる瞳の奥に彼の葛藤が滲んでいた。

「おまえは、崇高な魂、そのものだ」

「え？」

「ただそこに在るだけで周囲を癒やし、変えていく。俺の中でもなにかが変わっていくのがわかる。……誰かに心を開くなど、あってはならぬことなのに」

ナフルーズが苦しげに声を絞り出す。

「どうして、心を開いてはいけないのですか。お心があると思い出されたならなおさら……」

「自分自身に誓ったからだ。もう二度と、誰のことも愛さないと」

永遠に恋人を失ったあの日、彼を弔って生きると決めたとナフルーズは静かに続けた。

彼は残りの人生すべてをアイランに捧げるつもりだったのだろう。

それなのに、生き写しのようなルスランに出会い、その心に触れた。少しずつ変わっていく自分をナフルーズが許せないと思ったとしても決しておかしなことではない。

でも、だからこそ。

これ以上苦しまないでほしい。自分自身に立てた誓いを破ったりしないでほしい。それはきっと、ナフルーズの大切な拠り所のはずだから。彼の心を砕いてまでふり向いてほしいなんて思えない。

　ルスランは自分の気持ちに蓋をすると、元気づけるようににっこり笑った。

「ご安心ください、陛下。誰かに心を開かなくとも、しあわせになる方法はあります」

「どういう意味だ」

「ぼくら〈花の民〉は別名〈幸福の民〉とも呼ばれています。陛下はきっとしあわせにおなりですよ。ぼくがしあわせにして差し上げます」

　お任せくださいとポンと胸を叩いてみせたルスランは、花びらを握ったままだったことに気づいてハッとする。

「す、すみません。これは別に、ふたりでしあわせになりましょうって意味じゃなくて……」

大急ぎで恋心を放り投げると、ルスランはひとつ深呼吸し、まっすぐにナフルーズを見上げた。

「人の心は束縛を受けません。人の心は自由です」

「ルスラン……」

　この言い方で伝わるだろうか。彼の心に届くだろうか。

　ナフルーズは目を瞠り、真意を求めて見つめてくる。揺れる瞳の奥に罪悪感や後ろめたさといったものが渦巻いているように見えて、ルスランもまた労しさに唇を嚙んだ。

　彼が今、なにを考えているかはわからないけれど、苦しんでいることだけは痛いほどわかる。

　どうやったら楽にしてあげられるだろう。

　どうしたら安らかでいてもらえるだろう。

　深い闇に沈んでいくナフルーズを見つめながら、ルスランは考え続けるのだった。

この頃、どうも体調が思わしくない。

立ち眩みが治まるのを待ちながら、ルスランは小さなため息をついた。

これまで不調らしい不調もなく元気に過ごしていたのに、最近は立ち上がるたびに眩暈がしたり、なんでもないようなことで息切れしたりと、ささやかな体調不良が続いている。

はじめは気のせいだと思ったのだけれど、どうも身体からのサインのようだ。

「困ったな……今はそれどころじゃないのに」

〈花の民〉として、そして〈幸福の民〉としてナフルーズをしあわせにすると誓った。だからそれを叶えるためにできる限りのことをしなければならない。寝こんでいる場合ではないのだ。

「……なんて、思い詰めるのも良くないよね。病は気からって言うもの」

そう自分に言い聞かせると、ルスランは凭れていた柱から身体を起こした。

それからシャンと姿勢を正し、鏡に向かってにっこり笑う。

城の中を明るい空気で満たそうと思いついてから、表情を意識するようになった。自分がにこにこしていることで、ナフルーズをはじめ、城内のものたちがおだやかな気持ちで務めを果たせるのではと考えたからだ。

うまくいけばセルヴェルが言っていたような『張り詰めた空気』も一掃されるだろうし、積極的になにかを楽しもうという気持ちも生まれるはずだ。

そこで今日は、朝早くからセルヴェルに協力してもらって、アイリーンと一緒にお菓子を作った。

前々から「また、おちゃかい、したい！」とリクエストをもらっていたからだ。調理塔の隅で開いたささやかなティーパーティーを彼女は殊の外気に入ってくれたらしい。

「つぎはね。おにわで、たべるの！」

そう言って、アイリーンは目をきらきら輝かせる。

「お庭で？　それはとっても素敵だね」

「でしょ？　いいアイディア、でしょ？」

「今日はお天気もいいし、絶好のピクニック日和だね」

彼女が指定したお茶会のメンバーはルスランとナフルーズだ。

かつて自分も、三人でお茶が飲めたらと夢のようなことを思ったりした。それでも、一国の王ともあろう方を誘ったりしていいのだろうかと躊躇っていると、話を聞いたファズイルとサンジャールが揃って背中を押してくれた。

「陛下にとって良い気晴らしになるでしょう」

「素敵じゃない。遊びも大事な仕事のうちよ」

そんなふたりの賛同を受け、ファズイルにナフルーズの予定を調整してもらって、ようやく今日を迎えた次第だ。

ルスランはアイリーンと一緒にでき立ての焼き菓子をバスケットに詰め、侍女たちにお茶の仕度をお願いすると、午後の政務を終えたナフルーズとともに三人で庭に出た。

せっかくなので、城の前に広がる庭園へと足を運ぶ。

「わぁ……！」

見渡す限りの美しい芝生にルスランは思わず声を上げた。

「わああ！」

アイリーンもだ。ルスランの真似をしてかわいい歓声を上げた彼女は、生け垣の向こうで上がった噴水を見てまたも「わあああ！」と大よろこびした。

「みて！　あれ！　みて！」

「すごいねぇ。きれいだねぇ」

「もっと、みる！」

頬を紅潮させたアイリーンは、大きな声で宣言するなり一目散に駆けていく。

それを慌てて追いかける乳母の背中を見送って、ルスランは隣に立つナフルーズを見上げた。

「アイリーンは今日も元気いっぱいですね」

「いつもああなのか」

「はい。だいたいは」

元気が自慢のアイリーンは、いつも思いつくままあちらへダッシュ、こちらへ匍匐(ほふく)前進とやりたい放題だ。そのたびに乳母や侍女が西へ東へ駆け回っている。

驚いた様子のナフルーズにくすくすと笑いながら、ルスランはぐるりと庭園を見回した。

空は高く澄み渡り、白い雲も目に眩しい。緑は光を受けてきらきらと輝き、色とりどりの花の間を蝶(ちょう)が楽しげに飛び回っている。城の中では味わえなかった清々(すがすが)しいほどの開放感だ。

全身で心地よさを味わいたくて、ルスランは目を閉じると思いきり息を吸いこんだ。

「気持ちがいいですね。こうしていると、谷の景色を思い出します」

なだらかに続く緑の大地。

牧草地では牛や羊がのんびりと草を食み、切り立った断崖を山羊がぴょんぴょん飛び回る。そんな谷間を気持ちよさそうに渡っていく鳥たちを数え切れないほど見上げてきた。

動物たちはどうしているだろう。かわいがっていた犬のシビは。そして愛する両親は……。

懐かしさに胸をあたためながらルスランはそっと目を開ける。

きっと、今もみんな元気にしているはずだ。この空の下で同じ時を生きている。

「……戻りたいか」

「え？」

不意に訊ねられ、驚いたものの、ルスランはすぐに首をふった。

「会いたい気持ちはありますが、でも、ぼくの居場所はここですから。陛下のお傍がぼくのいるべきところです」

ナフルーズが言葉を呑む。それから彼は目を細めると、ゆっくりと息を吐き出した。

「おまえは、強いな」

「陛下？」

「なんでもない。座ろう」

その言葉を合図に、侍女たちが木陰に敷布を敷きはじめる。

即席の基壇に腰を下ろしたナフルーズに続いて、ルスランもそろそろとその上に上がった。

初夏の明るい日差しの中、楽しそうに庭を駆け回るアイリーンを並んで眺める。

元気いっぱいの少女は蝶を追いかけたり、生け垣の下で昼寝をしていた黒猫に驚いたりと大騒ぎだ。

確か食料庫で飼われている猫だったろうか。鼠をよく捕るとサンジャールが言っていたような。

「ふふふ。アイリーンったら、あんな……わっ」

足が縺れたのか、アイリーンがすってんころりんと勢いよく転んだ。

すんでのところで乳母が手を差し出したので怪我をすることはなかったものの、びっくりしたのか、蜂蜜色の目をまん丸にしてきょとんとしている。

それでも乳母にトントンと背中を撫でてもらって落ち着いたのか、次の瞬間には明るい声を立てて笑い出した。弾けるような笑い声はこちらまでうれしくなるほどだ。

「かわいいですねぇ」

「ずいぶんお転婆だな」

「子供は元気なのが一番ですよ。ほら、あんなに楽しそうに……」

悪戯なアイリーンは乳母のスカートの中に潜ろうとしたり、侍女の前掛けを捲ったりと好き放題だ。窘められるとぷうっと頰をふくらませ、今度は猫の仕草を真似ることに精を出しはじめた。

「わぁ、かわいい。見てください陛下、猫そっくり！」

「俺には手を舐めているようにしか見えんが」

「毛繕いをしてるんですよ。ほら、手をこうして頭にやって……あ、今度は顔を洗ってるんですね。アイリーンはよく見てるなぁ」

「おまえこそよくわかるな」

「だってふたりともとってもかわいくて……あ、ふたりっていうのは猫とアイリーンのことですよ。陛下のことじゃないですよ」

「………さすがにわかる」

ナフルーズがブスッと顔を顰める。

それに一瞬きょとんとなった後で、ルスランは盛大に噴き出した。

「も、申し訳ありませんっ」

「いや、いい。楽しい席では無礼講だ」

「……陛下？」

今、なんと言っただろうか。

目を丸くするのを見て、ナフルーズはいっそう渋面になった。

「なんだ。俺が無礼講と言うとおかしいか」

「いえ、その……楽しいと思っててくださったんだなぁって……」

あらためて言葉にされるとくすぐったい。

「ふふふ。ぼくも楽しいです。楽しくて、うれしくて、そわそわします」

「なんだそれは」

ナフルーズはさらに眉間の皺を深くする。

けれどそれも長くは続かず、困ったやつだというように彼はおだやかに頬をゆるめた。

前に見た苦笑とは違う、はじめて目にする表情だ。こんな顔も見せてもらえるようになったのだと思うと感慨深いものがこみ上げてくる。

ナフルーズも同じことを思っていたようで、アイリーンを見つめながら目を細めた。

「不思議なものだ。こんなに和やかな気分はいつ以来だろう。あれもすっかりおまえに懐いた。よく面倒を見ていると聞いているぞ」

「ぼくなんてとても。それに、アイリーンはぼくの大切な『お友達』ですから」

そんなアイリーンは猫の真似に夢中のようだ。芝生の上で丸くなり、猫と一緒にお昼寝することにしたらしい。乳母が「まぁ、こんなところで」「起きてくださいな」と揺すってもお構いなしだ。

アイリーンが「ふわぁ」と欠伸(あくび)をすると、それを見た猫も「にゃあぁ」と大きく口を開けた。

「ふふふ。どっちの真似っこも上手」

ひとりと一匹はすっかり仲良しになったようだ。ぴったりくっついて眠り出すアイリーンと猫に、ルスランはナフルーズと顔を見合わせてくすりと笑った。

「天使みたいですね」

「起きている間は猛獣だがな」

「陛下ったら。レディに向かって猛獣はないでしょう」

上目遣いに睨んでみせると、ナフルーズも苦笑しながら肩を竦めた。

ゆるやかな空気の中、侍女たちがふたり分のお茶を用意してくれる。洋梨型のガラス茶器に入った紅茶を差し出され、ルスランは感謝に一礼した。

「どうもありがとうございます」

ちょうど一服したいと思っていたところだ。彼女たちの察する力は本当に素晴らしい。

「ルスラン様。お菓子はいかがいたしましょうか」

「あ、そうですね……」

ルスランはバスケットを見、すやすや眠っているアイリーンを見、それからもう一度侍女に視線を戻して苦笑した。

「アイリーンが起きてから一緒にいただきます。先に味見したりしたら拗ねちゃうと思うので」

「畏まりました。それでは、ご用がございましたらお呼びください」

微笑みとともに一礼した侍女たちが少し離れたところへ下がっていく。

そのやり取りを黙って見ていたナフルーズは、ふたりきりになるなり感慨深げに呟いた。

「なるほどな。おまえといると誰もが笑う。ファズイルが言っていたとおりだ」

「え？」

「おまえがいつもそうしているからだと言われてはじめて気がついた。城内のものたちに良い影響を与えてくれているのだな。……無論、俺に対してもだ」

「ぼくが陛下に、ですか？」

そんな大それたことがあるだろうか。

目を丸くするルスランに、ナフルーズははっきりと頷いた。

「おまえは、俺の心を自由にしてくれた」

「それって……」

――人の心は束縛を受けません。人の心は自由です。

生涯アイランを想って生きていくと決めたナフルーズが自分との結婚で苦しまぬように、想い人に対して罪悪感を抱えずに済むようにと一生懸命伝えた言葉だ。彼の心に響いていたのだ。

甘さとほろ苦さの混じった紅茶を見つめながら、ルスランは寂しさを堪えて微笑んだ。

「お役に立てて良かったです。これでもう、苦しまれることはありませんね」

「あぁ。これからは新しい自分になるのだ」

それはどういう意味だろう。

怪訝に思うルスランとは対照的に、ナフルーズは清々しい顔で自分の胸に手を当てた。

「俺はこれまで、人の心とは縛られるものだと思っていた。それこそが愛なのだと。おまえの言葉を反芻するうちに目が覚める思いがした」

「ぼくは逆に、今なら陛下のお気持ちがよくわかります。どこにいても、なにをしていても、相手のことばかり考えてしまいますから……だから自分の心が相手につながっていると思いたくて、それをわずかな縁にしたくて、人は縛られることを望むのかもしれません」

自分だってそうだ。

だからこそ、自身を否定せずに済むよう、彼には自由であってほしいと願う。

思い入れが強かったせいか、ついつい話しすぎてしまい、驚いたような顔をしているナフルーズに気づいてルスランは慌てて口を塞いだ。

「すみません。ひとりでおかしなことばっかり……」

「おかしなものか」

ナフルーズが身を乗り出してくる。

「やっと、おまえの本音を言ったな」

「あ…」

――――しまった。

彼の心に寄り添いたい一心で己の欲を晒してしまった。これではいついかなる時でもナフルーズに縛られていたいと本人に訴えているようなものだ。

「な、なんでもないです。忘れてください」

「忘れる？　聞けぬな」

ナフルーズは短く吐き捨てると、まっすぐにルスランを見据えてきた。

「おまえは我儘を言わない。無茶も言わない。慎み深い性格ゆえにそういうものだと思っていた……だが本当は、すべてを我慢させていただけだったのだな」

「そ、そんなこと」

「ないと言えるか。俺の前で、思ったことを洗い浚い言えた試しなどないだろう」

「それは……」

痛いところを突かれてルスランは唇を噛む。

それでも、ナフルーズのせいではないことをどうにか伝えなければと言葉を探していると、それを見た彼が小さくため息をついた。

「……すまない。つい口調が荒くなる。前もおまえを怖がらせたというのに」

「陛下」

「おまえはいつも俺ばかり優先する。自分のことはまるで後回しだ。王として、それを当たり前だと思っていたことを今は恥ずかしく思っている。すまなかった」

ナフルーズが深く頭を下げる。

驚きのあまり、目をまん丸にしながらルスランはぶんぶんと首をふった。

「と、とんでもないことです。どうか謝らないでください」

「それだけのことをした」

「いいえ。この国の王である陛下に対して、ぼくは当然のことをしているだけです」

「俺は、王であると同時にひとりの男だ。それを思い出させてくれたのはルスラン、おまえだろう」

ナフルーズの眼差しが熱を帯びる。

その雄々しい表情に、ルスランは胸を高鳴らせてじっと見入った。

「おまえは身ひとつで城に上がり、心ひとつで俺と向き合ってきた。その間、どれだけ苦しい思いをさせていたのだろうな。俺には想像も及ばない」

「陛下……」

「おまえと過ごすうちに、俺は自分自身と向き合うことが増えた。己の過去や心とな。それと同時に他者に目を向けることも覚えた。すべてはおまえのおかげだ」

「……もったいないお言葉です。こんなぼくでも、陛下のお役に立てたならうれしいです」

高鳴る胸を両手で押さえ、ルスランは深く一礼する。

今は大切な話をしているのだ。個人的な感情は脇へ置いて、彼とまっすぐ向き合わなくては。

ルスランは大きく深呼吸をして心を落ち着けると、出会った頃に思いを馳せた。

季節はまだ一巡りもしていないのに、ずいぶん昔のことのようだ。こうして話ができるようになるまで本当にいろいろなことがあった。

はじめのうちは碌(ろく)に口も利いてもらえず、〈花の民〉として役立つどころか、傷ついた心を癒やすことさえできないかもしれないと思ったものだ。なにをしても怒らせてしまうばかりで、どうしたらナフルーズの心に寄り添えるだろう、安らかでいてもらえるだろうと悩んできた。

それでも、諦めなかったからこそ今がある。

彼が自分自身と向き合うきっかけになれたばかりか、変わっていく姿をすぐ傍で見ることができた。出会った頃の自分が知ったらさぞや驚くに違いない。それこそ望外のよろこびだ。

谷で自分を見出してくれたファズイルや、快く送り出してくれた両親、お世話になった村の人々。それに別れを惜しんでくれたシビも含めて、やっと彼らの期待に応えることができる。

「これで、使命の半分は果たせたと報告できそうです」

「使命？　どういう意味だ」

首を傾げるナフルーズにルスランは、ファズイルから「〈幸福の民〉として陛下のお心を癒やしてほしい。前向きな力を与えてほしい」と請われていたことを打ち明けた。

「ぼくには〈花の民〉であるということ以外、特別な価値なんてなにもありませんが……それでも、少しでも陛下の慰めになれていたなら光栄です。痛みは誰かと分かち合うことで和らいでいきます。陛下のお苦しみが真に癒えることはなくとも、せめて楽になりますように」

たとえこの気持ちが彼に届くことはなくとも、自分だけにできる方法で役に立てるならそれでいい。それ以上を望んでは罰が当たる。

決して嘘をついたつもりはないのに、ナフルーズはなぜか挑むように睨めつけてきた。

「おまえはそれでいいのか」

「え？」

「俺は、おまえが傍にいることをうれしく思うようになった。他のものには抱いたことのない思いだ。それがどういう意味かわかるか」

「あ…、えっと……」

つい自分に都合のいいように受け取ってしまいそうになり、ルスランは慌てて己を諫める。

――違う。勘違いしちゃだめだ。

なんと返したらいいかわからず言葉を探していると、それを萎縮と受け取ったのか、ナフルーズが小さく嘆息した。

「すまない。またおまえを怖がらせてしまった。本意ではないのだ。わかってくれ」

「いえ、それはぼくが」

うまく答えられなかったから。自分勝手に受け取ろうとしたから。

ルスランは申し訳なさのあまり下を向く。

その視界に飛びこんできたのはナフルーズの逞しい腕だった。

「おまえに誤解してほしくない。だから俺は、行動で示そう」

言うが早いか、グイと力任せに引き寄せられる。すぐにはなにが起きたのかもわからなかった。

「おまえがいてくれてうれしい」

頭上から低く掠れた声が降る。

「伝わっているか」

愛しい相手の香りに包まれ、頭の中を真っ白にしながらルスランはこくりと頷いた。

――夢みたい……。

息を吸いこみ、これが夢でないことを確かめる。

――ぼく、今……陛下に……。

はじめて感じるナフルーズの力強い鼓動に思わず涙が出そうになった。愛しい人が生きている証、この世にいるという確かな証拠だ。胸底をやさしくくすぐる白檀（びゃくだん）の香りが体温によってさらに芳しく匂い立つ。

眩暈がするほどうれしかった。

――――陛下の腕の中は、こんなにあたたかいんだな……。

大切な宝物のように抱き締められて、好きという気持ちがあふれてしまう。

この人のものになれたらどんなにいいだろうと夢のようなことを願ってしまう。

「陛下……」

想いをこめて呼ぶと同時に、桃色の花がひらひらと降った。

ナフルーズが顔を上げる気配につられてルスランもそちらに目を向ける。そうして花びらが舞っていることに気づいて慌てて腕を抜け出した。

「も、申し訳ありません」

こんな時、〈花の民〉は愚かだ。心の中で想っていられればそれでいいのに、好きという気持ちを相手に見せつけるようなことをしてしまう。

急いで花びらを掻き集め、隠そうとするルスランの手をナフルーズが摑んだ。

「謝るな。俺は、おまえが自分の心に正直であることをうれしく思う」

「陛下……」

いけない。そんな許すようなことを言われたら自惚（うぬぼ）れてしまう。

ナフルーズは追いかけるように降る花びらを手で受け止め、そのまま大切そうに包みこんだ。

まるで恋心を掬い上げるようなやさしい仕草に、違うと思いながらも胸がときめく。自分自身も、彼への想いも、丸ごと抱き締めてもらったようで天にも昇る心地がした。

――ああ、この方に愛されたらどんなにしあわせだろう……。

そんな夢のようなことを思う一方で、もうひとりの自分が現実に引き戻す。

いけない。彼の心にはすでに棲んでいる人がいる。絶対に変わらない想いがそこにはある。だから自分なんかが入りこむ余地はないし、決して愛されるわけはないのだ。

さっきまでふくらんでいた気持ちがあっという間に萎んでいく。ズキズキとした痛みだけが残り、息もできないほどになった。

それでも、嘆いてはいけないとルスランは自分に言い聞かせる。これは彼と距離を縮められたからこそ知ることができた痛みだ。自分だけに許されたものだ。だから自分はこの疼痛を勲章として彼の隣で生きていくのだ。

――きっとできる。やり遂げるんだ。

ルスランは大きく深呼吸をして昂った気持ちを落ち着ける。

それでもなお、視界の端をひらりひらりと花が舞った。どんなに胸が痛くても恋しく思う気持ちは止められなかったからだ。

ナフルーズがうれしそうにふっと微笑む。

けれど、ふと花びらに目をやったルスランは、妙な違和感に胸騒ぎを覚えた。

――なんだろう。いつもと違う。

やけに色が薄い。……いや、違う。色が褪せているのだ。生花を野晒しにしたかのように花びらは

萎れ、きれいなピンクだったはずの色も抜けて白茶けている。

――どうして、こんなことに……。

異常事態に心臓がドクンと跳ねた。嫌な予感が脳裏を過る。

――そういえば、さっき……花びらの量も少なかった。

いつもは辺り一面花を敷き詰めたようになるのに、片手でサッと集められるほどだった。

自分の身になにが起きているのだろう。ナフルーズへの気持ちは変わらないのに、むしろ強くなるばかりなのに、それを目に見える形で表せなくなるなんて。まるで、〈花の民〉の力が薄れていっているかのようだ。

「……！」

恐ろしい結論に辿り着き、ルスランはごくりと生唾を飲んだ。

――ぼく、枯れはじめてるんじゃ……？

途端に目の前が真っ暗になる。

はじめての恋に夢中になるあまり、それが叶わなかった時のことまで考えていなかった。

両親曰く、恋が成就しなかった場合は稀に生き残ることもあるが、花が枯れるように衰弱して死に至る場合も多いという。それが〈花の民〉の宿命なのだと。

〈花の民〉は人目を避け、隠れて生きる少数民族だ。小さな村の中でお互いにうまくやっていかなければならない。

そのため、昔からおだやかな性格のものが多く、またコミュニティの外を知らないということとも相まって、昔から為人を知っているもの同士が適齢期になり自然と結ばれるケースがほとんどだった。

だから枯れるとどうなるか、実際にこの目で見たことがない。

それなのに。

——まさか、自分が………。

これからどうなるのだろう。

自分はどうすればいいんだろう。

これまで感じたことがないほどの不安が眩暈となってルスランを襲う。

「おい。大丈夫か」

すぐにナフルーズが気がついて、傾いだ身体を受け止めてくれた。

一度ならずも二度までも抱き締められ、凜々しい琥珀色の瞳を間近にして、こんな時だというのにドキッとなる。たちまち早鐘を打ちはじめた鼓動がナフルーズに伝わってしまわぬよう、ルスランは慌てて身体を離した。

「も、申し訳ありません」

「そう焦らずとも」

ナフルーズは、単にルスランが照れただけだと思ったようだ。逸る鼓動を服の上から押さえながら、ルスランはこれ以上みっともないところを見せないようにと己を律した。

——しっかりしなくちゃ。

余計な心配をかけてはいけない。

せっかく「おまえがいてくれてうれしい」と言ってもらえたのだ。その気持ちに応えるためにも、ファズイルや両親の期待に応えるためにも、粛々と務めを果たしていかなければ。

それに、体調不良の原因がわかったのだから、これからはいくらか心づもりができる。己を奮い立たせるように背筋を伸ばし、大きく深呼吸をした、その時だった。

「あー！」

大きな声が割りこんでくる。どうやらアイリーンが目を覚ましたようだ。

「おちゃ、のんでる！」

寝起きとは思えない素早さで駆け寄ってきたアイリーンは、バスケットの蓋を開け、お菓子がまだあることを確かめて「よかったぁ」とにっこり笑った。

「お菓子、食べられちゃったと思った？」

「おもった！」

「アイリーンが起きてくるのを待ってたんだよ」

「なーんだ。なーんだ。びっくりしたー。あー、よかったぁー」

アイリーンは節をつけて歌いながらその場でくるくる回り出す。

「お待ちになって正解でございましたね」

かわいらしいダンスを見ながら侍女たちとも苦笑を交わした。

さぁ、気分を切り替えて、楽しいピクニックのはじまりだ。

アイリーンにも座るよう促すと、レディは大よろこびでふたりの間に陣取った。右手をルスランと、左手をナフルーズとそれぞれつないでご満悦だ。

「あれ？　ルスランのおはな……？」

そんな彼女は、敷布の上に落ちていた花びらを見つけ、不思議そうに首を傾げた。

「いろ、ちがうね」

「え？」

「ルスランのかみと、おんなじじゃない」

鋭い指摘にギクリとなる。さすがは女の子、花の色が褪せていることに一目で気づいたのだろう。

アイリーンはルスランから手を離すと、その手で花びらを摘み上げた。

「リンねぇ、ピンクすき。かわいいから。……でも、このこは、げんきないね。かわいそう」

「そ、そうかな」

「ルスランが、げんきがないの？」

アイリーンが心配そうに見上げてくる。

原因そのものまでズバリと言い当てられてしまい、ルスランは困惑しながらも必死に笑った。

心配をかけたくなかったし、ナフルーズに枯れはじめていることを悟られたくなかった。

だからといって、花の色が褪せたのは気持ちが冷めたせいだと誤解されるのも耐えられない。

「えっと……今日はちょっと疲れちゃったから。たまたまだよ」

「んー？」

アイリーンはなおも訝しげだ。

「それよりほら、一緒に作ったお菓子を食べようよ。アイリーンはどれから食べたい？」

そう言うと、すぐにそちらに興味が移ったようで、彼女は歓声を上げながら膝立ちになった。

――ごめんね、アイリーン。

嘘をついたことを心の中でそっと謝る。

隣からもなにか問いたげな視線を感じたものの、本当のことを知られるのが怖くて、ルスランは顔を上げることができなかった。

＊

それからというもの、ルスランは頻繁に体調を崩すようになった。

アイリーンの遊び相手をすることも、庭を散歩することも難しくなり、床に伏せる日が続いている。枯れはじめのサインが外見にも現れ出し、薔薇色だった頬からは赤みが抜け、目の輝きも失われつつあった。

そんなルスランを心配したナフルーズは悪気を退けるべく加持祈禱を行ったり、方々から腕利きの医者を呼び寄せたりと、できる限り手を尽くしてくれた。

それればかりか、彼は忙しい政務の合間を縫ってルスランの部屋を訪れては、ほしいものはないか、食べたいものはないかと気を配ってくれた。まるで恋人のような甲斐甲斐しさだ。日ごと気力体力が削られていくのは辛かったけれど、大好きな人にやさしくしてもらえて毎日が夢のようだった。

しあわせだ――……。

目尻からすうっと涙が落ちた拍子にルスランは目を覚ます。

いつの間にか眠ってしまっていたらしい。昼食にスープを二口飲んだことは覚えているから、その後でうとうとしてしまったのだろうか。

　涙を拭おうと身動いだルスランは、そこではじめて枕元に一冊の本があることに気がついた。

「これ……」

「目が覚めた？」

　やさしい声が聞こえてくる。

　顔を向けると、サンジャールが心配そうに立っていた。

「気分はどう？　どこか辛いところはない？」

「いいえ。ありがとうございます」

　片手でそっと涙を拭う。

　サンジャールはそれにはなにも言わず、ルスランが身体を起こすのを手伝ってくれた。ずっと寝てばかりいたせいで起き上がるだけでも身体のあちこちがギシギシ軋む。

「背中、痛いんじゃない？　少しさすりましょうか」

「すみません。そんなことまでしていただいて……」

「なに言ってるの。あたしがお節介焼きなのは知ってるでしょ。ルスランが元気になるならなんでもやるわ。大丈夫、怪力は封印するから。背骨折ったりしないから安心してちょうだい」

「もう。サンジャールさんったら」

　こんな時でもくすっと笑わせてくれる、そのやさしさが弱った身体に沁みた。

　ありがたく身を任せるとあたたかな手のひらが押し当てられ、ゆっくり背中を撫で下ろしていく。

　そのおだやかな手つきがどこか母親に似ていた。子供の頃、熱を出した時もこうして母のユディトに労ってもらったっけ。

「サンジャールさんといると、母を思い出します」

傍らの彼女を見上げると、サンジャールはうれしそうに微笑んだ。

「そう言ってもらえるってことは、あたしの母性もまんざらじゃないってことね」

「はい。すごく安心します」

「そう。良かった。……これからも頼ってちょうだいね。遠慮なんてしちゃだめ。約束よ」

片目を瞑ってみせたサンジャールは、最後にルスランの肩をひと撫でしてマッサージを終わらせる。

それから背凭れにできるようにと背中とヘッドボードの間にいくつかクッションを詰めこんだ。

「それから」

サンジャールは枕元にあった本を取り、ルスランに手渡してくれる。

「これ、陛下から。あなたが眠っている間に、陛下がお見舞いに来てくださったの」

「陛下が？　そんな、起こしてくだされば……」

せっかくナフルーズが来てくれたのに、きちんと迎えられなかったなんて。

今さらそわそわし出したルスランに、サンジャールは「そう言うと思った」と苦笑した。

「陛下に『起こさないでやってくれ』って言われたの。『よく眠っているから、そのままで』って。

……陛下、とても心配していらしたわ。だからおだやかに眠ってるあなたを見て、邪魔したくないと思われたんでしょうね。あんな陛下を見るのははじめてよ」

これまでのナフルーズは我を通すことが当たり前だったのだそうだ。だから、サンジャールや他の侍女たちも王とはそういうものだと思っていたという。

それなのに。

「『ルスランを最優先にしてくれ』って……あたし、それ聞いてすごくうれしかったのよ。これまで邪険にされたこともあったじゃない。だから、やっとルスランのやさしさが伝わったんだなって」

自分を一番近くで見守ってきてくれたサンジャールだ。お茶の差し入れを拒まれた時のこともよく知っている。だからこそ、自分のことのようによろこんでくれるのがうれしかった。

「陛下、あなたの寝顔をじっと見つめていらっしゃったわ。目に焼きつけるみたいに……って言うとあたしの思いも入っちゃうかもしれないけど。でもとても真剣なお顔をされていたの。ファズイルが呼びにくるまで、ずっとね」

政務に戻らざるを得なくなったナフルーズは、サンジャールに「ルスランが目覚めたらこれを」と本を託して出ていったという。

「陛下が、ぼくに……」

革製の表紙がついた立派な本を見つめながらサンジャールの言葉を反芻する。

ただでさえ忙しく、さらにバラムの件の後始末などもあって、ナフルーズが自由にできる時間などないに等しいに違いない。それでもわずかな隙間を縫うようにして自分に寄り添ってくれたばかりか、こんな贈りものまでしてくれた。きっと、ひとりで寝ていても退屈しないようにとの気遣いだろう。

――陛下……。

やさしさがじんわり心に沁みる。

革の表紙を撫で、ナフルーズのぬくもりを追いかけた。

そんなルスランの肩にそっとガウンを羽織らせたサンジャールは、「なにかあったら呼んでね」と言い残して部屋を出ていく。早く本を開きたいという気持ちなどお見通しだったらしい。

「ありがとうございます。サンジャールさん」

閉まったドアに向かってもう一度お礼を言うと、ルスランは再び手元に目を落とした。

生まれ育った村に『本』と呼べるものは数えるほどしかなく、こうしてお城に上がるまで本を読む経験をしたことがなかった。だから、実物を手にするだけでなんだか特別な気持ちになる。

これはどんな本だろう。

ナフルーズはなにを思ってこの一冊を選んでくれたのだろう。

ドキドキと胸を高鳴らせながら分厚い表紙を捲ると、驚いたことに、中から一枚の紙が出てきた。

「なんだろう？」

小さな紙片だ。手に取ってよく見ると、そこに走り書きがあるのがわかった。ナフルーズが書いた手紙のようだ。

紙片を手に取り、文面に目を走らせたルスランは、その内容に思わず胸を押さえた。

『おまえの笑顔が見たい。どうか一日も早く良くなってくれ』

「陛下……」

はじめて見るナフルーズの字を何度も目で追いかける。

そうしていると、メッセージにこめられた思いとともに彼のやさしさまで沁みこんでくるようで、ルスランはしあわせのため息をついた。

気にかけてくれただけでうれしいのに、様子を見にわざわざ訪ね、さらにはこうして心まで砕いてくれたなんて。思いを寄せ、回復を祈り、願いを言葉として届けてくれたなんて。

「陛下……」

うれしさに胸がきゅうっと疼き、熱いものがこみ上げる。

ルスランは大切な宝物になった紙片を抱き締め、祈りを捧げるように目を閉じた。

――――陛下はなんておやさしい方なんだろう……。

こんなに大切にしてくれる。自分にはもったいないないほどに。

目を開け、もう何度も見た紙面に目を落とす。

「おまえの笑顔が見たい、って……」

くすぐったい気持ちになりながら文字に指を滑らせた。

「体調管理には気をつけろ」、あるいは「元気になれ」と、ただそれだけでも良かったはずなのに、
こんなやさしい言葉で自分をうれしがらせてくれる。早く良くなって、早く笑顔を見てもらいたい、
彼の期待に応えたいと前向きな気持ちにさせてくれる。

「なんだか、陛下の方が〈幸福の民〉みたい」

その存在を感じるだけでこんなにも心が満たされるのだから。

胸を甘くときめかせながら、ルスランは大切な宝物を両手で包んだ。

「陛下はこんなに愛情深い方だったんだ。陛下に愛されたら、しあわせだろうなぁ……」

思ったままを言葉にした瞬間――――それが夢から覚める呪文だったかのように、ルスランは一気に
現実に引き戻された。

ナフルーズが愛する人、それは、アイランただひとりだ。

「あ…」

時を超えて、会ったこともないアイランの気持ちを追体験するとは思わなかった。

彼と決定的に違うのは、自分がナフルーズの恋愛対象ではないということだ。どんなに好きでも、願っていても、この想いはどこまでも一方通行にしかならない。

わかっている。わかっていた。頭の中では、なにもかも全部。

――それなのに、浮かれてしまうなんて。

やさしくされて、甲斐甲斐しく気遣われて、勘違いをしてしまった。みっともなく胸を高鳴らせてしまった。

――ぼくは、アイラン様の代わりにもなれないのに。

「……っ」

己の心に刃(やいば)を向け、その鋭い痛みに唇を噛む。

ルスランは胸を押さえながら一生懸命落ち着こうと努めた。

ナフルーズに対して人の心は自由だと言った、その本人が傷つくなんておかしなことだ。今は亡きアイランを想う気持ちごとナフルーズを愛し、支えていこうと自分に誓ったはずだったのに。

――愛されることを想像してしまった。

心の奥の、そのまた奥で、無意識のうちに望んでしまった。

「ぼくは、なんてことを……」

ルスランは紙片を握り締めたまま、現実から逃れるようにぎゅっと目を瞑った。

自分はいったいいつからこんなに欲深になってしまったのだろう。自分の命や心よりナフルーズが大切だと胸を張って言った、あの気持ちはどこへ行ってしまったのか。まるで自分自身に裏切られたような気分だ。自分は彼に対してとても不誠実な人間になってしまった。

――恋なんて、知らずにいれば良かった。

あのまま谷で暮らしていれば、こんな気持ちになることはなかった。

その代わり、運命のたったひとりに出会うよろこびも、切なさも、味わうことはなかっただろう。

――陛下がいたから。

ナフルーズに出会って自分は変わった。人を好きになるということを知ってしまった。こんなにも強く心を揺さぶられた後で、なにも知らなかった頃になんて戻れない。

叶うことは決してないのに。

願うことさえ許されないのに。

――だめだって、わかってるのに……。

それでも好きという気持ちばかりあふれてくる。

きゅうきゅう疼く心をどうすることもできないまま、ルスランは行き場のない想いごと自分自身を抱き締めた。こみ上げる想いは涙となってガウンに吸いこまれていく。こんなにも胸が苦しくなったのは生まれてはじめてのことだった。

これが恋というものなのだ。

決して抗えないものなのだ。

――好き……好きです。どうしようもないほどに…………。

強く奥歯を嚙み締めながら激しい痛みにじっと耐える。

どれくらいそうしていただろう。

気づけば、部屋の中はすっかり暗くなっていた。

ルスランは小さく鼻を啜り、手の甲で涙を拭いながら顔を上げる。このところの体調不良もあって気持ちが少し不安定になっていたかもしれない。

ゆっくり深呼吸をくり返し、なんとか自分を落ち着かせる。

あらためて辺りに目をやったルスランは、けれど、胸騒ぎを覚えて目を見開いた。

「花びらが……」

ない。一枚もない。

あれだけ想いを募らせたのに花はひとひらも降らなかった。とうとうこの時が来てしまったのだ。〈花の民〉として、想いを可視化する力がなくなってしまった。

「そん、な……」

気持ちはなくなってなんかいないのに、身体だけがどんどん変わってしまう。恋を抱えたままの心ばかりが置き去りになる。

ルスランは冷たいシーツをそっと撫で、無情な現実を噛み締めた。

「そっか……そう、だよね。必要ないもんね」

どんなに想いを寄せても実らぬ恋なら花を降らせる必要はない。いっそ、きっぱり断ち切った方がお互いのためだ。それも〈花の民〉の運命なのだ。

そしてこの状態をなんと言うか、自分はもう知っている。

「これが、失恋……なんだな………」

呟いた瞬間、自分の中でなにかが折れるのがわかった。

これまで懸命に堪えてきたものがボロボロと音を立てて崩れ落ちていく。

悲しいとか、苦しいとか、そういった感情は湧かなかった。まるで胸にぽっかり穴が開いたような
おかしな気分だ。人間らしい感情は穴を擦り抜けてどこかへ行ってしまったようで、後には抜け殻に
なった自分だけが残った。

そんなルスランの脳裏に懐かしい歌が蘇る。

谷で毎日のように歌っていた、〈花の民〉に伝わる民謡のひとつだ。愛犬のシビとともに牛たちを
追いながら一緒になってよく歌ったものだった。

楽しかった。自由だった。富も名声もないけれど、そこにはおだやかな愛があった。

ぽたり、と涙が落ちる。

それを拭くこともしないまま、ルスランは窓の向こうに視線を向けた。

暗い夜空に浮かぶ月は決して手の届かぬ想い人のようだ。傍にいられるだけでうれしかったのに、
愛されることを夢見てしまい、その結果〈花の民〉として大切なものを失ってしまった。

——これから、ぼくはどうすれば……。

花も降らせない〈花の民〉に生きる道などあるだろうか。

こんな自分でもまだ彼の役に立つことはできるだろうか。

一心に考えていたその時、コンコン、というノックの音が部屋に響いた。

「ルスラン」

「……っ」

ナフルーズだ。

今まさに思い描いていた人の来訪に、心臓がドクンと強く波打つ。

「ルスラン。俺だ。ナフルーズだ。開けてもいいか」

逸る胸を押さえながらルスランはとっさに首をふった。

これでは伝わらないと気づいたのはその後で、今度は精いっぱいの声を絞り出す。

「も…、申し訳ございません。お許しください」

「なぜだ。具合が悪いなら医師を呼ばせる」

「いいえ。陛下、大丈夫ですから」

「ならば開けるぞ」

「陛下…っ」

抵抗も虚しくドアは開かれ、ナフルーズが中に入ってきた。

ベッドに半身を起こしただけの格好で迎えたルスランは、慌てて寝乱れたシーツを整えようとして「そのままで」と止められる。

「伏せっているとわかってやってきたのだ。こんな時まで気を遣おうとするな」

ナフルーズはすぐ傍まで歩み寄ると、気遣わしげに顔を覗きこんできた。

「おまえが食事も摂らずにいると聞いてな。昼間にメッセージも残したが、どうしても直接顔を見て話をしたくて来た。おまえに聞いてほしいことがあるのだ。……ルスラン」

名を呼ぶ声に緊張が混じる。

ナフルーズはゆっくり息を吸うと、心を決めるようにして口を開いた。

「俺は、おまえに謝らなければならない。その変化に気づけなかったことに」

「……え？」

「おまえの花の色が褪せたとアイリーンが言うのを聞いてハッとした。俺は、そうと指摘されるまで気づきもしなかったのだ。傍にいてくれてうれしいなどと言っておきながら……こんなに加減が悪くなるまで放っておいてしまった」

「そ、そんなふうにおっしゃらないでください。陛下のせいではありません」

「だが」

「それに」

なおも言い募ろうとするナフルーズの語尾を奪い、代わりに微笑む。

「もう心配していただかなくとも大丈夫ですから」

「どういう意味だ」

「花は、もう降らないと思います。だから気にかけていただく必要はないんです」

ナフルーズは目を瞠り、わずかな言葉から真意を探ろうとするようにルスランをじっと見つめた。

彼の目が「なぜだ」と問いかけてくる。

気持ちが冷めたせいなどと嘘でも思ってほしくない。

だからといって、失恋を自覚したからだなんて言えるわけがない。

「体調が良くないのでしかたありません」

「〈花の民〉について、あれから俺なりに学んだつもりだ。だが、体調如何(いかん)で花が降らなくなるなど聞いたことがない」

「それは……花を降らせるにも体力を使いますから。身体が勝手に止めるんです」

「そんなことが可能なのか」

「はい」

内心必死に言い訳を重ねる。

ナフルーズはなおも思うところがあったようだったが、〈花の民〉であるルスラン本人がきっぱり言い切ったことを受けて、これ以上は追及しないと決めたようだ。

それにホッとすると同時に、じわじわと罪悪感がこみ上げた。

――ぼくはまた、陛下に嘘を……。

誰に対してもいけないことだと教わったのに。

無意識のうちに俯(うつむ)いていたのか、肩に触れたあたたかな手にハッとして顔を上げた。

「そんな顔をするな。……相手の変化も見落とすような人間が言っても信じられないかもしれないが、俺は、おまえに心から笑ってほしいと思っている。なにかを我慢したり、自分を偽ったりして無理に笑ってほしくない。わかるか」

どうしてだろう。言葉の意味はわかるのに、それが自分事だと理解できない。

首を傾げるルスランに、ナフルーズはなおも辛抱強く言葉を重ねた。

「おまえに余計な重荷を背負わせたくない。苦しめたくない。おまえにはいつもしあわせだと思っていてほしいのだ。それは俺の我儘か」

「しあわせ……？」

彼はどうしたのだろう。さっきからおかしなことばかり言う。

戸惑うルスランに、さすがのナフルーズも違和感を覚えたようだ。じっとこちらを見下ろしていた彼は、やがてひとつの仮説に行き着き顔を顰めた。

「ここには、しあわせに思えるものはひとつもないか」

「陛下？」

「無理もない。おまえを両親から引き離す原因となったのはこの俺だ。それも、他人のそら似などという理由で強引に……」

ようやく彼の言わんとすることがわかり、ルスランは大きく首をふる。

「そんなふうにおっしゃらないでください。きっと、これも神様のお導きです」

そのおかげで自分はナフルーズに出会えた。人を愛することを知り、毎日が輝くことを知った。

それなのに運命は残酷だ。燃えるような恋の代わりに、苦い終わりを置いていく。

ズキンと走った胸の痛みを堪え、ルスランはまっすぐにナフルーズを見上げた。

「陛下に出会えて、ぼくはしあわせです。愛する方のお役に立てるなんて〈花の民〉としてこれほど光栄なことはありません」

嘘偽りのない、本当の気持ちだ。

たとえ恋は成就しなくとも、夫々という形で結ばれればきっと第三次性徴もはじまって、王であるナフルーズが必要とする世継ぎを残すことが叶うはずだ。愛する人の子供をこの腕に抱けるのなら、どんなことでも耐えられる。

けれど、ルスランの決意とは裏腹に、ナフルーズは顔を歪めるばかりだった。

「もっと早くおまえに出会いたかった。おまえの清らかな心に触れるほどに、俺にはもったいないと思うばかりだ」

またた。彼はなにを言うのだろう。もったいないだなんてあるわけがないのに。

「陛下に過ぎたるものなどあるでしょうか。ぼくには陛下の方が、夜空の月のように思えます」

「月？」

「決して手の届かない、遥か遠くの美しい方だと」

「……っ」

そう言った途端、グイッと手を引かれた。

「あ…」

呆気なくバランスを崩した身体が逞しい胸に抱き留められる。背中にきつく腕を回され、思うさま抱き締められて、心臓が大きくドクンと爆ぜた。

「これでもか。これでもまだ、俺を遠くに感じるか」

「陛下……」

薄い布一枚を隔てた向こうから、ナフルーズの力強い鼓動が伝わってくる。

「ルスラン。おまえは俺をあたたかく照らす太陽だ。おまえは俺を月のようだと言ったが、その月は太陽がいなければ夜空で輝くこともできない。お願いだ。これからも俺の傍にいてくれ」

間近に見上げた琥珀色の瞳は熱を帯び、今にも吸いこまれそうな強さがあった。

——そんなふうに言ってもらえるなんて……。

身代わりにもなれない、こんな自分に。

それでも愛されることを夢見てしまった、こんな自分に。

赦しを与えられたかのように熱いものがこみ上げる。それと同時に胸がきゅうっと甘く疼いて涙がこぼれそうになった。

――やっぱり、この方が好きだ………！

もう花は降らないけれど、いけないことだとわかっていても、それでも、それでも、どうしても。

今だけはなにもかも忘れてルスランからも腕を回した。

「……っ」

ナフルーズが息を呑んだのが気配でわかる。

彼は一瞬の間を置いた後で、さらに強く腕を回してきた。

ナフルーズの着ている硬い胴着が寝間着越しに肌に食いこむ、そんな痛みさえ今はとても愛おしい。

あふれるほどの想いを胸にルスランはぎゅっと目を閉じた。

全部覚えておかなければ。

これが、愛する人に抱き締められるということだ。これから先辛いことがあるたびに、いつでも、何度でも思い出せるように……。

一刻一刻を魂に刻みつけるように噛み締める。

どれくらいそうしていただろうか。

そっと腕が解かれる気配を察し、ルスランもまた名残惜しさを堪えて身体を離す。

けれど、見上げたナフルーズはこれまで見たことのない表情をしていた。苦しそうでありながら、同時によろこびを見出したような、それでいて後ろめたさを隠すことのできない複雑な顔だ。

彼はわずかに目を眇めた後、まっすぐにルスランを見下ろした。

「俺は、自らに立てた誓いを破ろうとしている」

「……え？」

どういう意味だろう。

一瞬ぽかんとなったルスランだったが、すぐに気づいて首をふった。アイランへの誓いのことだと察したからだ。

「いけません。それだけは」

彼は、生涯アイランへの愛を貫くことを自身に誓った。ただひとりの人を想い、弔い、そうやって生きていくのだと。それこそがナフルーズの生きる縁だったはずだ。それを自ら破っては、彼自身が壊れてしまう。

ルスランは夢中でナフルーズの手を取ると、それを両手でぎゅっと握った。

「ぼくの思い違いならば、どうぞぼくを殴ってください。ぼくは、陛下のお心を惑わすようなことをしたくありません」

「なにを言う。俺は」

「陛下は」

無礼と知りつつ言葉を重ねる。

両手で包んだナフルーズの手を胸に押し当て、どうか伝わりますようにと祈りをこめた。

「陛下のお心を大切にしてください。それがぼくの願いです」

「ルスラン……」

「言ったでしょう。人の心は自由です。だから、無理に気持ちを捻じ曲げずとも、務めさえ果たせばそれでいいのです」

ナフルーズが信じられないものを見るように顔を歪める。

「おまえまでファズイルのようなことを言うのか」

「ぼくがここにいる理由はそれだけですから」

自嘲の笑みを浮かべるルスランに、それでもナフルーズは何度も首をふった。

「俺は、おまえをただの道具のように扱いたくない」

「もったいないほどのお言葉です。ですが、陛下のお役に立てなければ、ぼくはお暇をいただくしかありません」

「なにを言う。おまえを失うなど耐えられない！」

とうとうナフルーズが語気を荒げる。こんな自分のために怒りを露わにしてくれるのだと思うと、どんな言葉よりもうれしく感じた。

ルスランは胸に押し当てていた手をあらためて包み、まっすぐにナフルーズを見上げる。

「ぼくも、陛下と離れるなんて耐えられません」

だからこそ、傍にいられるように既成事実を作らなくては。

ルスランはそっと手を離すと、その場に手をつき、深々と頭を下げた。

「お願いがあります。ぼくを仮初めの伴侶にしてください。命に替えても務めを果たしてみせます」

「仮初め……？」

「お辛いでしょうが、国王の義務を果たすため、そして国民の期待に応えるためです。陛下のお心は陛下のもの。どうか、それを支えにご辛抱ください」

ナフルーズは答えない。

そろそろと顔を上げると、そこには深く傷ついたような眼差しがあった。

「この期に及んで、おまえは仮面夫々になろうと言っているのか。世継ぎを作るためだけに、そして用が済んだら捨てろとでも？」

「それが国と陛下のためなのです」

「だがおまえの心はどうなる」

「ぼくなどどうでも」

どのみち、はじめから叶うことのない恋だ。その証拠に花さえ降らなくなってしまった。それでも〈花の民〉として役に立てるなら最後の縁に縋りたい。

けれど、ナフルーズは頑なに首をふるばかりだった。

「そんなことをしても、おまえにはなんの得もない。おまえの家族にとってもだ」

「家族には支度金をいただきました。それにぼくは、陛下のお傍にいられるだけで充分ですから」

「おまえというものは……」

重々しいため息とともにナフルーズはさらに表情を険しくする。

それでも、ここで引き下がるわけにはいかなかった。最愛の人の心を守るため、そして国の未来を希望につなげていくために。

「これが最良の道なんです。心だけは、いつまでも自由でいられるように」

自分自身にも言い聞かせながら、ルスランは不退転の覚悟で大きく息を吸いこんだ。

どうせ結ばれない運命ならば、ナフルーズだけでもしあわせにしたい。彼がしあわせであることがきっと自分のしあわせだから。

なおもなにか言いたそうにするナフルーズを制し、ルスランは強引に提案を押し切る。
ザラリと重たい空気だけがふたりの間に横たわっていた。

ルスランの体調は一進一退をくり返した。

体力はとうに尽き、今は気力をふり絞ってなんとか生活を送っている。

そんなルスランを支えているのはナフルーズとの約束だ。愛する人の役に立つまで頑張らなくては、そう自分に言い聞かせながら、懸命にこれまでどおり振る舞い続けた。

今日も、回廊の一角に設(しつら)えられた基壇に座り、中庭で遊ぶアイリーンを見守る。

彼女は侍女たちとお手玉を投げ合うのに夢中だ。小さな袋の中に豆を詰め、口を紐(ひも)で縛っただけの玩具(おもちゃ)とも呼べないような簡素なものだが、これがずいぶん気に入ったらしい。

きゃっきゃっと歓声を上げるかわいらしい姿を目に焼きつけながら、ルスランは自分の子供の頃を思い返した。

「ぼくもよく、木の棒を投げて遊んだっけ……」

近所の子供たちと飛距離を競ったり、誰が一番的の真ん中に当てられるかで勝負したりと、それはそれは夢中になったものだ。

愛犬のシビも棒投げ遊びが大好きで、ルスランが「もう疲れたよー」と泣き言を言っても「投げて投げて！」と鼻先でつつき回してきたものだ。どんなに遠くに投げても一目散に走っていって取ってくるので、こちらの方が根負けしたのも一度や二度のことではなかった。

さすが牧羊犬、気力も体力も底なしだ。

「ふふふ。懐かしいなぁ」

大好きな友達を思い出しながら傍らのクッションを撫でる。そうしていると、まるでそこにシビがいるようで自然と歌がこぼれ出た。

シビと一緒に毎日歌った〈花の民〉に伝わる民謡だ。単調でやさしいメロディラインはルスランの心を慰め、いつしか思いを遠い故郷へと運んでいった。

――父さん。母さん。

今頃、ふたりはどうしているだろう。変わらず仲睦まじくしているだろうか。気のいい隣の夫婦や谷の仲間たちも皆元気でいるだろうか。

懐かしい顔のひとつひとつに思いを馳せ、ルスランはそっと目を細めた。

自分が王の花嫁候補として城に召し上げられると知った時、誰もが「〈花の民〉が国のお役に！」とよろこんでくれたものだった。

――陛下のお役に立てなければ、ぼくはお暇をいただくしかありません。

ナフルーズにはああ言ったけれど、本当のところ、谷には帰れないとわかっている。国王の不興を買って追い返されたと知れば皆がっかりするだろうし、送り出してくれた両親もきっと悲しむだろう。だから自分はここで頑張るしかないのだ。

それなのに、どうしてだろう。

一目故郷に帰れたらと、思慕の情のようなものが湧いてくる。

澄み切った谷の空気を吸いたい。どこまでも続くなだらかな丘を見たい。大好きな人たちの顔を、声を、ぬくもりを、苦しいほどに欲している。

——ぼくはきっと、疲れてるんだな……。

いつの間にか歌は終わり、後にはぼんやり空を見上げるだけの自分が残った。

初夏のきらきらとした木漏れ日が「戻っておいで」と言うように降り注いでくる。

そっとため息をついた、その時だ。

「はいっ！」

不意に、目の前に黄色いものを突き出されて、ルスランは「わっ」と声を上げた。

よく見れば花のようだ。そしてそれを得意満面で差し出しているのは誰あろう、さっきまで歓声を上げてお手玉投げに興じていたアイリーンだった。

「ルスランに、あげる」

「ぼくに？　摘んできてくれたの？　ありがとう」

お礼を言って受け取ると、アイリーンはうれしそうに、にぱぁっと笑う。それこそ花が綻ぶようなかわいらしい笑顔だ。

「おにわで、つんだの」

「アイリーンのお洋服とおんなじ色だね」

「リンのすきないろ。だから、ルスランに、あげる！」

そう言うと、他にもやりたいことがあるのか、アイリーンはごそごそとポケットを漁る。そうして「いっくよー！」の元気のいい声とともに両手をふり上げ、色とりどりの花びらをフラワーシャワーのように浴びせてくれた。

「わっ！」

「うふふ。びっくりした？」

アイリーンは得意げだ。ルスランが大きな声を上げたことがうれしくてしかたないらしい。

「びっくりした。でも、とってもきれいだね。アイリーンにもお花ふわふわしてあげようか」

花びらを掻き集めようと手を伸ばす。

けれどアイリーンは首をふってそれを断り、「うんしょ」と基壇に上がりこむと、自分の腿をポンポンと叩いてみせた。

「つぎは、ここ」

「うん？」

「ひざまくら、してあげる！」

いったい全体どうしたことか、さっきからサービスのオンパレードだ。親切にしてくれる気持ちはうれしいけれど、こんな小さい子の足に頭なんて乗せたら怪我させてしまう。

ルスランは丁重に膝枕を断って、アイリーンのすぐ隣に横になった。

アイリーンがすかさず椛のような手を伸ばしてきて、ルスランの頭を撫でてくれる。多少髪の毛が引っかかってもお構いなしだ。それでも、やさしくしてあげようという彼女の気持ちがうれしくて、ルスランは「ふふふ」と頬をゆるめた。

「ありがとう。とってもいい気持ち。……でも、急にどうしたの？」

そっと目を開け、アイリーンを見上げる。

訊ねられた途端、彼女は心細そうな、そんな自分を奮い立たせんとするような、なんとも言えない顔になった。

「ルスランが……げんき、ないから……」

「え？」

「おはな、なくなっちゃったから……」

「あ…」

――そうか、それで……。

花の色が褪せたことにも真っ先に気づいた子だ。ずっと気にかけてくれていたんだろう。

花を摘んできてくれたのも、フラワーシャワーをしてくれたのも、きっと自分を元気づけたかったからに違いない。こうして髪を撫でてくれるのも彼女なりの精いっぱいの慰めだ。

「アイリーン……」

鼻の奥がツンとなり、涙が出てしまいそうになる。それを懸命に堪えて手を伸ばすと、ルスランはアイリーンの薔薇色の頬をそっと撫でた。

「ありがとう。アイリーンはやさしいね。とってもうれしいよ」

アイリーンが「えへへ」と照れて笑う。お転婆なところもあるけれど、年相応にはにかんだ笑顔もとてもかわいい。

しばらく頭を撫でてくれていた彼女は、ふとなにか思い出したように「あ！」と声を上げた。

「ルスラン。へいかの、およめさんになるの？」

「え？」

驚きのあまり身を起こす。

それを見ていたアイリーンの乳母が「差し出がましいことですが……」とやってきて、大人たちが話しているのをたまたま聞いたようだと教えてくれた。

仮面夫々となることを決めた翌日、婚礼に向けて慌ただしく舵が切られた。

ルスランはもともとナフルーズの婚約者として国賓に紹介されたこともあり、将来の国王妃として周囲に認識されている。そのため城内は大きな混乱もなく、国家を挙げての慶事に向けて動き出しているようだった。

「お嫁さん……」

アイリーンの言葉を鸚鵡返しにくり返す。

そうは言ったところで、誰もが想像するようなかわいらしい花嫁とはだいぶ違う。性別も男性だし、世継ぎをもうけるためだけに迎えてもらうようなものだ。決していいものではないけれど、だからと言って違うと否定するのもおかしい。

だからルスランは「そうだよ」と頷いた。

「およめさん！」

アイリーンはたちまち目を輝かせ、うっとりした顔で「いいなぁ」と笑う。

けれど、ルスランが浮かない顔をしているのを見て取った彼女は、こてん、と小首を傾げた。

「……ルスランは、いや？」

「そんなことないよ」

「でも、かなしそう」

「まさか。悲しくなんかないよ。心配かけてごめんね」

ルスランはすべてを吹っ切るようにアイリーンをぎゅっと抱き締める。

「大好きなアイリーン……大人になってもそのやさしい心をなくさないでね。そして、大好きな人としあわせになってね」

「ルスランは、しあわせにならないの？」

「……」

即答できなかった。

——陛下のしあわせが、ぼくのしあわせ。義務を果たすお手伝いをすることがぼくの使命。

そう自分に言い聞かせる。

「ぼくは陛下と同じ男性だけど、〈花の民〉だから陛下の御子を授かることができるんだ。だから、ぼくはしあわせなんだよ。……大丈夫。ぼくは、しあわせなんだ」

言い終わった瞬間、ぽたり、と涙がこぼれた。

「あ、れ……？」

「ルスラン、ないてる！」

アイリーンは、すわ一大事とばかりに膝立ちになる。小さな身体を精いっぱい伸ばし、呆然とするルスランの涙を指で懸命に拭ってくれた。

「いたいの？　かなしいの？」

「ごめんね、大丈夫。びっくりさせちゃったね」

ルスランはもう一度アイリーンを抱き締め、安心させるようにやさしく背中をトントンする。

「楽しみだなぁって思ったら、涙が出ちゃったんだよ」

アイリーンは身体を離し、じっとルスランを見つめてくる。その目はどこまでも澄んでいて些細な嘘など見抜いてしまう。

案の定、アイリーンは首を横にふった。

「あかちゃん、ほんとに、うれしい？」

なんて鋭い子だろうか。理屈ではない、わかるのだ。穢れのないまっすぐな心がすべてを見抜いてしまうのだ。

ルスランは誤魔化そうとした己を恥じ、もう一度、正直な気持ちで向き合った。

「愛する人の子供を授かるのはうれしいよ。アイリーンも、大きくなったらきっとわかるよ」

「そっかな」

「それに、赤ちゃんが生まれたとしてもアイリーンは大切な存在だからね。どうかそれを忘れないでいてね」

「……？」

アイリーンが不思議そうにぱちぱちと瞬きをする。

「ふふふ。まだちょっと難しいね。一緒にひとつずつ覚えていこうね」

ルスランはそんなアイリーンを抱き寄せると、かわいいおでこにキスを落とした。

「みんなで仲良く暮らそうね。楽しいことをいっぱいしようね」

「する！　いっぱいする！　いっぱいなかよくする！」

「うんうん。元気なお返事でうれしいな」

顔を見合わせ、にっこり笑い合った時だ。

「こんなところにいたのか」

不意に声をかけられる。

そちらを見ると、ナフルーズがファズイルたち側近を連れてやってくるのが見えた。

「陛下」

ルスランは慌ててアイリーンとともに基壇を降りて跪く。

ナフルーズはこちらに近づいてくると、ルスランとアイリーンを交互に見遣った。

「ずいぶん楽しそうだったな。ふたりで未来の話まで」

「陛下、お聞きに……？」

庭に面した回廊とはいえ、その一角をくり抜いて造った基壇は石造りで音も籠もる。反響した声は普通より遠くまで伝わりやすい。

自分のいないところで自分の話をされていたと気を悪くさせてしまっただろうか。おかしな噂話のようなものではないにせよ、あまりにプライベートなことだっただろうか。

ひとり焦っていると、内心を察したのか、ナフルーズが「そうではない」と首をふる。

彼は躊躇いもなく床の上に膝をつき、目の高さを合わせると、まっすぐにルスランを見つめた。

「涙を流してまで心を偽るのはもうやめろ」

「……っ」

とっさに息を呑んだまま、一言も返せないでいるうちに沈黙だけが流れていく。

事態を察した乳母たちは一礼すると、アイリーンを連れて中庭の向こうへと去っていった。

ファズイルも他のものたちを下がらせ、自らも離れた場所で待機する。

ナフルーズに促されて基壇へと戻ったルスランは、なんと言うべきかで頭がいっぱいで、彼が隣に座ったことも、心配そうに自分を見下ろしていることも、小さなため息が洩れたことさえ気づかずにいた。

「ルスラン」

名を呼ばれ、弾かれたように顔を上げる。

「今のおまえを見ていたら、自分のしていることが正しいとはどうしても思えなくなった」

「陛下」

「己を偽ったまま生きていくことなどできるまい。これ以上おまえが傷つく前に、婚礼の準備は中止しよう」

「そんな……お待ちください。お願いです」

〈花の民〉として役に立つことが自分にできる精いっぱいだ。その芽を摘まれてしまったら、自分はここにいる意味さえなくなってしまう。

必死に縋るルスランを、だがナフルーズはやさしく諭した。

「おまえに辛い思いをさせてまで義務を果たすなどあり得ない。俺は、心からおまえを大切にしたいと思っている」

「陛下……」

そんなふうに言ってもらえるなんて。

うれしさに胸がきゅうっと疼くと同時に、苦いものがこみ上げる。

「畏れ多いお言葉です。……ですが、ぼくのことなどでお心を煩わされませんように」

「なにを言う。おまえが大切だからこそ」

「ぼくは一介の平民に過ぎません。陛下は、サン・シットの王なのですから」

「王だからなんだと言うのだ。そうではない。俺はおまえを……！」

ナフルーズが前のめりに声を荒げた、その時だった。

「あ…」

ぐわん、と視界が回る。

――なんだ、これ……。

目に映るものすべてがぐるぐると渦を巻いたように回り出し、とても座っていられなくなった。

「どうした。大丈夫か」

ナフルーズがすかさず支えてくれる。肩を抱かれ、寄りかかるように引き寄せられて、断ることもできないままルスランはぐったりと身体を預けた。

気にかけてもらう必要などないと言ったそばからこうだ。

なんとか身体を離そうとしたものの、経験したことがないほどの激しい眩暈はルスランから視界を奪い、さらには平衡感覚さえも鈍らせて、すぐには自力で座り直すこともできそうになかった。

「無理をするな」

「で、ですが……」

「俺がいいと言っている。しばらく休んでいるといい」

ナフルーズはそう言うと、ルスランが少しでも楽にいられるようにと片膝を立て、背凭れ代わりに寄りかからせた。さらには頭の後ろにも腕を回し、すっぽり抱きかかえるようにする。

まるで生まれたての赤子にするようだ。

労るように頬に触れられ、何度も髪を撫でられて、ルスランは心からの安堵に目を閉じた。

——なんてやさしい手だろう。

父サーリムや、母ユディトとは違う。サンジャールやファズイルたちとも違う。ナフルーズだけが際限なく胸を高鳴らせてくれる。

——あぁ、好きだなぁ………。

心からそう思った。

自他共に厳しく、有無を言わさぬところもある人だけれど、本当はとてもやさしい。節くれ立った大きな手で髪を撫でてもらっていると、触れたところから彼のやさしさが沁みこんでくるようで胸がいっぱいになる。

こんな時、花を降らせられたら良かった。心配してくれてうれしい、髪を撫でてくれてうれしいと言葉にするより雄弁に彼に伝えられたら良かったのに。

——でも、それももうできないことだ。

ささやかな嘆息とともに目を開けようとしたルスランは、その時になってようやく瞼が重いことに気がついた。

いや、瞼だけではない。腕も足も、なにもかもだ。起き上がろうとしても力が入らないばかりか、身体の末端が痺れ、小刻みにふるえはじめている。明らかな異常事態だった。

——え……？

いつもと違うことはわかるのに、それがどういうことか理解できない。

頭は靄がかかったようにぼんやりしはじめ、目に映ったものさえ認識できなくなっていった。

――待って……なにが起こってるんだ。

落ち着かなければと息を吸おうとして、それすら受けつけなくなった身体がヒュッと喉を鳴らす。嫌な予感に心臓がバクバクと早鐘を打ちはじめた。

これは病気じゃない。

こうなる理由をひとつしか知らない。

――とうとう、枯れる時が来たんだ……！

恐ろしさに血の気が引く。

それでもナフルーズにだけは悟られまいと、ルスランは懸命に自分自身を奮い立たせて目を開けた。最後まで彼の顔を見ていたかった。

「陛下……ぼくは、陛下の味方ですよ。いつまでも、どんなことがあっても」

「どうしてそんなふうに思える。俺はおまえからもらってばかりで、なにも返してやれていない」

「いいえ。陛下はぼくを心配してくださいました。こうして髪を撫でてくださいました。それだけでもう、充分です」

その瞬間、感情があふれ出すようにナフルーズがぐしゃりと顔を歪める。

手を取られ、痛いほど強く握り締められた。

「どうしても聞いてほしいことがある――これはおまえへの感謝であり、そして俺の長い懺悔だ」

「懺悔……？」

あまりに王にふさわしくない言葉だ。

言い返そうとするルスランを制し、ナフルーズは厳かに口を開いた。

「かつておまえに、俺の過去を打ち明けたことがあったな。〈花の民〉が花を降らせる本当の理由を知った時だ。俺の中にある大切なものの存在は、これから先未来永劫（えいごう）、俺の中で変わらないだろうと思っていたからだ」

ナフルーズは一度言葉を切り、覚悟を決めるように深呼吸する。

「だが、それは違った。……あの頃の俺には想像もつかなかったことだ。おまえとおだやかな時間を過ごすうち、過去は過去として切り離せるようになっていった」

長い間ナフルーズの心を占めていた痛みや苦しみは浄化され、アイランとのことは思い出として、自分を構成するひとつだと思えるようになったと言う。

「そう言えるようになるまで、だいぶ遠回りをしてしまった。おまえに人の心は自由だと教えられてはじめて、俺は自分の心に呪いをかけていたのだと気づかされた。亡くしたものを想い続けて生きる以外裏切り行為だと断じることは、自分で自分の心を縛りつけるのと同じことだ。俺はそんなこともわからなかった」

「でもそれは、それだけアイラン様を想っていらっしゃったから……」

「そうだな。そのとおりだ」

ナフルーズは目を伏せ、諦念に力なく微笑む。

「……死を受け入れることが怖かった。失ったことを認めたくなかった。だから俺は、自分に呪いをかけることで苦しみを誤魔化そうとしてきたんだ」

「誤魔化すだなんて……死は誰にとっても辛いものです。愛しい人ならなおのこと。それは逃げではありません」

「だが俺は自分のことばかりで、幾度もおまえを傷つけてきた。おまえが向けてくれる愛情に真剣に向き合ってこなかった。どんなに謝っても謝り足りない」

「そんな。とんでもないことです」

動かない身体を叱咤しながら、ルスランは大きく頭をふった。

「一方的に想いを押しつけるような真似ばかりして……お気を悪くされたこともあったでしょうに、それを愛情と呼んでくださる陛下は本当におやさしい方です」

「なにを言う。それはおまえが」

「いいえ。陛下が」

握られた手をルスランからも握り返し、そっと微笑む。

けれど、その時は刻一刻と近づいていた。感謝の気持ちをもっと言葉にして伝えたかったけれど、そろそろ限界かもしれない。

もう片方の手をふらふらと宙に伸ばすと、ナフルーズがそれに気づいて手を取ってくれた。

「どうした。俺ならここにいる」

「陛下……」

もう視界も頼れない。

ルスランは声のする方に顔を向け、精いっぱいの想いをこめて微笑んだ。

きっと彼はまっすぐに自分を見つめ、その琥珀色の瞳を心配そうに揺らしているだろう。男らしい眉間に皺を寄せ、息を詰め、自分の一挙一動を注意深く見守ってくれているだろう。

だから今だけ、一度だけ、言葉にすることを許してほしい。

「はじめて、お会いした時からずっと……陛下をお慕い申し上げておりました。大好きな…、陛下のお傍にいられて、ぼくは、とても……しあわせ、でした」

想いが涙となって頬を伝う。自分では拭うこともできないまま、ルスランはただ愛しい人の気配を追いかけた。

「ルスラン……」

ナフルーズの声もふるえている。痛いほどに手を握られ、この愛が彼に届いたのだとわかった。

——良かった………。

これでもう、思い残すことはない。

自分らしく精いっぱい生き、自分らしく精いっぱい愛した。

それでも、できることなら。

「いつまでも、陛下のお傍で……陛下のため、だけに……生きたかった………」

ふっと微笑んだのを最後に意識が途切れた。

動かなくなったルスランにはもう、なにも届くものはない。見えるものも、聞こえるものもない。

ただ花は静かに枯れてゆくのだった。


夢を見た。

まだ谷で暮らしていた頃の夢だ。

なだらかな牧草地には風が吹き渡り、しあわせの花びらが空を舞う。赤やオレンジ、黄色にブルーなど色とりどりの花びらが虹のように谷間を縫って飛んでいく様は、まさに『この世の楽園』という言葉がぴったりだ。

そんな中、ルスランも〈花の民〉に伝わる歌を口ずさみながら歩いていた。

ここには立派なお城も豪華な家具もないけれど、代わりに豊かな自然がある。明るい陽が降り注ぎ、心地良い風が吹き、大地からの恵みを受けて皆が助け合って暮らしている。自分の心を偽ることも、愛する人に嘘をつくこともない。

ここには、生きるよろこびそのものがある。

――もう一度、あそこに行けたなら……。

もう帰ることのできない故郷に。懐かしくも愛おしい、大切な人たちのいる場所に――。

ガタン、という揺れにルスランはふと目を覚ました。

視界は薄暗く、見渡せる範囲もやけに狭い。横になったまま二、三度瞬きをしていると、なにかが覆い被さってくる気配がした。

「目が覚めたか！」

ナフルーズだ。

「おお、神よ。感謝します……！」

彼はすかさず天を仰ぎ、胸に手を当ててよろこびを噛み締める。

「良かった。本当に良かった……二度と目覚めないかもしれないとずっと気が気ではなかったのだ。体調はどうだ。どこか痛いところや苦しいところは？」

ルスランが首をふると、ナフルーズは心底安堵したように息を吐いた。

そんな眼差しから逃がれるべくルスランはそっと目を逸らす。

——まだ、生きてた……。

あれきり死んでしまうのだと思っていた。恋が叶わなかった〈花の民〉の多くは花のように萎れて死ぬと聞いていたから。

もしかして、愛する人の子を残したいという願いが天に通じたのだろうか。

それとも、もう間もなく完全に枯れてしまうのだろうか。

不安にざわめく心を抱え、目で周囲を窺っていると、ナフルーズがそれを察して頷いた。

「馬車の中だ。おまえの故郷に向かっている」

「……！」

思いがけない言葉に息を呑む。

真っ先に頭に浮かんだのは『お役御免』の言葉だった。

「今、なにか良くないことを考えただろう。俺も少しはおまえのことがわかるようになったぞ」

ナフルーズはそっと苦笑した後で、自身を諫めるように首をふる。

「……なんてな。もっと早くそうすべきだった。ここまでおまえを追い詰めてしまったことを心から申し訳なく思っている。〈花の民〉であるおまえを枯らしてしまうなど」

「……っ」

——どうして、それを………。

問い返すはずの言葉が喉に閊(つか)える。

無言の肯定を受け取ったナフルーズは、痛みを堪えるように目を眇めた。

「俺に悟られまいと必死だったのだろう。余計な心配をかけまいと……それなのに俺は……！」

自らへの叱責とともに彼は端正な顔をぐしゃりと歪める。

「これまでの行いをどんなに悔やんでも悔やみきれない。取り返しのつかない事態に陥ってはじめて、おまえを失うことの恐ろしさに気がついた。俺はまだおまえになにひとつ返してやれていないのに、おまえからもらってばかりだったのに」

自責の念に何度も首をふったナフルーズは、やがて深い諦念とともに声を絞り出した。

「俺は、国王である前にひとりの男だ。こんなにも愚かな男だ。それを嫌というほど思い知った」

――――陛下……。

なんという告白だろう。ピリピリとした切迫感に身を切られるようだ。

ナフルーズは大きく息を吸いこむと、まっすぐにルスランを見下ろした。

「どんなに文献を漁っても、識者を集めても、おまえを助ける方法がわからなかった。かくなる上は谷に赴き、〈花の民〉に教えを乞おうと思う」

かくして、城で唯一その場所を知るファズイルに案内を任せ、自ら谷を目指しているのだそうだ。

一国の王たるもの、使者を遣って解決策を探ることだってできただろうに。

そう思って見ていると、ナフルーズは「いいや」と首をふった。

「どんなに愚かな男でも、大切なものを救うために行動を起こすことぐらいできる」

それこそが償いなのだとナフルーズの目が語る。

「必ず助ける。だから、生きてくれ」

強い眼差しに射竦められて、こんな時だというのに胸が鳴った。

自分はまだ彼に必要とされている、それだけで生きる希望が湧いてくるようだ。この感動を言葉にして伝えたかったけれど、とうに力を失った身体は少しの声も出せそうになかった。

代わりにナフルーズの袖をぎゅっと握る。

それを見た彼は「約束だ」と言うようにルスランの手の上から手のひらを重ね、そっと包みこんでくれた。

「なにか、してほしいことはないか」

やさしく訊ねられ、無意識のうちに重ねられた彼の手を見る。

意図を察したナフルーズは一度それを解くと、宝物にするようにルスランの長い髪を撫でた。

「合っているか」

秘密を共有するような囁きにこくりと頷く。言葉にせずとも伝わることがこんなにうれしいなんてはじめて知った。

トクトクと胸を高鳴せながらルスランは懸命に手を伸ばす。そうしてナフルーズの右手を上下から挟むようにして包みこむと、大好きな手に頬を寄せた。

これが、愛する人のぬくもりだ。生きてこの世に在ることの証だ。

それはなんと尊く、そしてかけがえのないものだろう。

「……へい…、か………」

絞り出した声とともに涙が落ちる。

それを最後に、またも意識はプツリと途切れた。

次に目が覚めた時、場を支配していたのは怒号だった。

「俺たちの大事な息子になにをした！」

「こんな変わり果てた姿で帰ってくるなんて……！」

涙混じりの懐かしい声に意識が急速に引き上げられる。

重たい瞼を開くと、そこはルスランが生まれ育った家だった。その戸口で両親が顔を真っ赤にし、見たこともないような形相で怒鳴っている。

「ルスラン！」

息子が目を覚ましたことに気づくなり、母のユディトが声を上げた。

それを受け、慌てて駆け寄ってきた父のサーリムが手を伸ばし、ナフルーズに横抱きにされていたルスランを強引に奪い取る。

「息子は返してもらう」

「なっ」

ナフルーズが追い縋るより早く、サーリムはユディトにルスランを預けると、ふたりを守るようにその前に立ち塞がった。

「国王陛下だろうとなんだろうと、俺たちはあんたを許さない。人ひとり守れずになにが国の王だ。なにが国家の存続だ。息子は返してもらう。言い訳なんて聞く気はねぇ」

「待ってくれ」

「どうぞお帰りください。そしてもう二度と、谷には近づかれませんように」

　ユディトも怒りにふるえながら口を揃える。

「頼む。このとおりだ！」

「疫病神め！　二度と来るな！」

　なおも追い縋ろうとするナフルーズを力尽くで追い返し、サーリムが勢いよく扉を閉めた。

　普段温厚な父親がこうも怒りを露わにしたところを見たことがない。ルスランが呆然とする間にも、サーリムはドアが開けられないように閂を渡すと、自らを盾にその戸口に立ち塞がった。

「頼む！　どうか！　頼む……！」

　悲痛な声とともに扉が壊れんばかりに叩かれる。

　ユディトはそれをふりきるように衝立の奥に息子を運ぶと、ルスランをベッドに寝かせてくれた。

両親の花びらが詰まった大好きな寝床だ。懐かしい香りに包まれ、ふたりの愛情に包まれて、安堵で胸がいっぱいになった。

　――帰ってきたんだ……。

　二度と戻れないと思っていた、大好きな人たちのもとへ。

　運命の相手とさえ思っていた、愛する人のもとを離れて。

「ルスラン」

　頬にかかった髪を払われ、心配そうに顔を覗きこまれる。言葉にせずともすべてを見抜いた母親はみるみるうちに表情を崩した。

「辛いことがあったんだね。こんなに枯れて……かわいそうに………」

ぽとり、ぽとり、とユディトの目から大粒の涙が落ちる。

自分が苦しいこと以上に、大好きな母親を泣かせてしまったことが心苦しくて、ルスランは懸命に笑おうとした。

けれど、とうに力の入らなくなった身体は表情ひとつうまく作れず、曖昧なまま終わってしまう。

それでも思いは通じたのだろう。ユディトは覆い被さるようにルスランを抱き締め、何度も何度も「もう大丈夫だからね」と囁いた。

「ゆっくりお休み。大好きなスープを作っておいてあげる。だから、なにも心配せずに眠るんだよ」

やさしく頭を撫でてもらううちに、薄皮が剝がれ落ちるようにして少しずつ強張りが解けていく。

全身がズーンと重たくなるような、輪郭も曖昧に溶けていきそうな不思議な感覚に囚われた。

伝えたいことがたくさんある。

ナフルーズのことも気がかりだ。

それでも強烈な睡魔に抗うことはできず、ルスランはそのまま意識を手放した。


季節は夏を迎えようとしていた。

山はいよいよ緑に輝き、清流が勢いよく谷間を流れていく。動物たちは子育てに忙しく、村人らもまた額に汗しながら畑仕事や酪農に精を出した。

生きとし生けるものが生を謳歌(おうか)する夏。

けれど、そんな中にあってもルスランの容態は予断を許さないままだった。

一日のほとんどを眠って過ごし、時折口元に差し出された匙からスープを啜ってまた眠る。

あんなに好きだったサンダリすらほとんど食べられなくなり、痩せ細っていくばかりだ。家族との会話もままならず、今がいつなのか、どれくらいこうしているのか、まるで把握できずにいた。

感覚そのものが薄らいできたように思う。

今が暑いのか寒いのかはもちろん、腹が減っているのかいないのか、身体に痛いところはあるのかないのか、それすらもよくわからない。自分という生きものの輪郭が曖昧になり、溶けてなくなっていくような、ひたひたとした恐ろしさだけがそこにあった。

——これが、枯れるってことなんだ……。

ぼんやりとそんなことを思いながら、どれほどの日々を過ごしただろう。

時々、ドアをノックする音で目を覚ますことがあった。

誰あろう、ナフルーズだ。信じられないことに、彼はあれからもたびたびこうしてやってきては、許しを乞うために粗末な小屋のドアを叩き続けた。

「ここを開けてくれ。話をさせてほしい。頼む」

愛しい声は衝立を越え、ベッドにいるルスランの耳にも届く。

そのたびにユディトは息子をどこにもやらないというように強く抱き締め、サーリムが戸口に立ち塞がった。

「帰ってくれ。あんたの顔なんて見たくもない」

「二度と谷に近づかないようにと言ったはずです」

ユディトもそれに加勢する。

扉の向こうで従者たちが「国王陛下に対してその態度はなんだ」「国王の命令が聞けないのか」と声を荒げては、ナフルーズが懸命にそれを宥めた。

「すまない。これは決して命令ではない。俺の懺悔だ。頼む」

「自分のしたことがわかってるのか。あんたは、俺たちの息子を殺そうとしたんだぞ。そんなやつの言葉なんて聞く気はない」

「どうかお帰りください。苦しんでいる息子を休ませてやりたいのです」

ユディトの言葉に、ナフルーズがドアの向こうで息を呑む。罪悪感に駆られているのだろう。

長い長い沈黙の後、「また来る」と言い残してナフルーズが帰っていくたびに、サーリムは苛立ちながら戸口に清めの酒を撒くのだった。

——父さん、母さん……。

そんなやり取りの一部始終にルスランは胸を痛めるばかりだ。

両親の気持ちはよくわかるし、自分を大切に思ってくれて本当にうれしい。

けれど、相手は国王だ。こんなことを続けていたら両親が不敬罪で捕まってしまうかもしれない。

現に、従者たちからはそんな声も上がっていたようだ。それを思うと気が気ではなかった。

ナフルーズはいつまでこんなことを続けるつもりだろう。

日々国の内外に関わる政務や雑事で忙しくしているだろうに、無理矢理時間を作って、おそらくは睡眠時間も大幅に削って何度も何度も通ってくれている。どんなに無下に追い払われようとも決して諦めずに来てくれる。覚えているだけでも相当な回数だ。

あぁ、自分はなんという人を好きになってしまったのだろう。

誠実さに心打たれると同時に、今この瞬間も自分を責め、苦しんでいる彼を思うといても立ってもいられなかった。

こうなったのは彼のせいじゃない。彼を好きになったことを自分はこれっぽっちも後悔していない。命を懸け、胸を張ってナフルーズを愛した。自分は確かにしあわせだった。

そう伝えられたらいいのに、いまだ声は出ないままだ。

せめて元気になったところを見せれば両親も落ち着きを取り戻し、ナフルーズに向き合ってくれるかもしれないのに、自分ひとりではベッドの上に起き上がることさえできない。

夢と現実の境で揺れ動きながら、ルスランは己の無力を噛み締めるしかなかった。


それから三ヶ月が過ぎた。

燃えるような夏が終わり、谷には実りの秋が訪れようとしている。

その間もナフルーズの訪問は続いた。

強い日差しが照りつける日も、冷たい雨が降りそぼる日も、彼は二週に一度欠かさず谷を訪れては、開かない扉の向こうからルスランとその両親に謝罪を続けた。自らの行いを悔い、ルスランを苦しめてしまったことを詫び、叶うならば直接会って話がしたい、償いをさせてほしいとくり返しくり返し訴え続けた。

彼は国王でありながら、いつも少数でやってきた。

それはルスランの家族や〈花の民〉への気遣いであると同時に、王としてではなく、ひとりの男として謝罪していることを伝えるためでもあったろう。選ばれた二、三人の護衛たちは皆口の固い男であり、〈花の民〉のことを決して吹聴したりしないとナフルーズは扉の向こうで誓った。

そんな彼と接するうち、サーリムとユディトは少しずつナフルーズに対して心を開くようになっていった。

ルスランの体調が回復しつつあったこともふたりの心に余裕を生んだのだろう。

家に戻ってきた時はいつ死んでもおかしくないほど衰弱していたルスランも、両親の手厚い看護のおかげでどうにか一命を取り留めた。

その間ナフルーズと顔を合わせることはなかったけれど、彼が戸口のすぐそこまで来ているという事実がルスランの心をふるわせた。不思議なものだ。たとえ姿は見えなくとも、愛しい人がすぐ傍にいると思うだけで生への強い執着が生まれた。

そんな、ある日のこと。

酷い嵐が谷を襲った。

昨夜から降り続いた雨はいよいよ勢いを増し、大礫となって屋根を打ち砕かんばかりに叩きつけてくる。轟々と唸りを上げる風は地上からあらゆるものを巻き上げ、一家が肩を寄せ合う粗末な小屋をガタガタと容赦なく揺さぶった。

どこかで大木が倒れたのか、ドオオォン！　という地響きが伝わってくる。

ユディトはハッとしたように顔を上げ、近くにいた夫を見上げた。

「風で木が倒されるなんて」

「この雨で地盤が弛みはじめているんだ。これ以上酷くならなきゃいいが……」

サーリムが眉をひそめたその時、ドンドンドン、とドアが激しく叩かれた。

「サーリム！　俺だ。イズミルだ！　ムラトとカシムも一緒にいる」

隣の家に住む旦那さんの声だ。

サーリムが急いでドアを開けると、村の男たちが傾れこんできた。誰もが暴風雨によって髪を乱し、ぐっしょり濡れた雨避け（あまよけ）からボタボタと水を滴らせている。

イズミルは服の袖で顔を拭うと、いつもの陽気さはどこへやら、苦りきった顔でサーリムを見た。

「近くをザッと回ってきたが、どこも大変な有様だ。川を見たか」

「いや」

「近づかねぇ方がいい。あんなの、あっという間に呑まれちまう」

大雨で増水した川は大量の倒木や土砂を巻きこみ、今や制御の利かない土石流となっているそうだ。その激しい勢いたるや、大蛇がのた打つようだという。

「葡萄畑はもうだめだ。下流には決して近づくな」

「家畜小屋の鍵は開けておけ。いざとなったら牛や羊は逃がすんだ」

「ここもいつまで持つかわからん。俺たちも逃げる準備をしなければ」

他の男たちも声を揃える。

ついに被害が出たばかりか、我が身にも危険が迫っていることを知ってルスランは生唾を飲んだ。

——この谷が、まさか……。

誰もが同じ思いだろう。

身を潜めるべき〈花の民〉として生まれ、生涯をこの谷で過ごしてきたものたちにとって、ここは唯一絶対の安全な場所のはずだった。谷を追われるなんて考えたこともなかったし、いざ谷を出たところで、どこへ行けばいいかなど想像もつかない。

それでも、事態は刻一刻と決断を迫ってくる。

サーリムが他の男たちのように雨避けを被ったのを見て、ルスランはハッと我に返った。

「父さん」

「俺は小屋を回って鍵を開けてくる。ユディト、おまえは仕度を。危なくなったら迷わず逃げろ」

「わかりました。どうかご無事で」

「おまえたちも」

伴侶が頷くのを目に焼きつけるように見届けて、サーリムは男たちとともに家を出ていく。

ドアが開いた瞬間、ビョオオオ！　という耳を劈(つんざ)くような暴風雨の音に圧倒され、今が緊急事態であることをまざまざと思い知らされた。

ユディトは夫が出ていったドアに向かって無事を祈ると、毅然(きぜん)とした顔でふり返る。そうしてふるえるルスランの両手を取り、力強く頷いた。

「大丈夫。生きてさえいれば、きっとなんとかなるから」

「母さん……」

この時になってようやく、両親が最後に目を見交わした意味を理解した。

もしかしたら、このまま父に会えなくなってしまうかもしれない。出ていった男性たちの何人かは行方不明になってしまうかもしれない。それでも生きてさえいれば、いつかまたどこかで再会できるはずだから。

そんな藁にも縋るような思いとともに告げられた言葉が胸に刺さる。

――どうして、こんなことに……。

天を恨み、神を恨み、不条理を嘆きそうになったその時だ。

「あ…、今日……」

唐突に、あることに気づいて愕然とした。今日はナフルーズがやってくるはずの日だ。

――こんな嵐の中を……？

窓から外を見ただけでも、石礫のような雨が横殴りの風に煽(あお)られ白煙を上げている。まっすぐ歩くどころか、立っていることさえ難しいほどの悪天候だ。最悪の事態が頭に浮かんだ。

「今日、なんだね」

ユディトに訊ねられ、ルスランはビクリと身を竦ませる。

一度は頷いたものの、すぐに自分に言い聞かせるように首を横にふった。

「こんな日は来ないよ。そうでしょう？」

「ルスラン」

「そうだよね？　来ないよね？　来ちゃだめだよ……命がいくつあっても足りないもの。そんなことさせられないもの」

必死に言い募りながらも、心のどこかでわかってもいた。ナフルーズという人は、最後の最後まで誠意を貫く男だということを。

ユディトの手が伸びてきて、ふるえる肩をそっと包んだ。

「いいかい。よくお聞き。あの方がどうするかはあの方が決める。それでも、おまえにできることがあるんだ」

　これまでどんなに拒まれようと、冷たい言葉を投げられようとも、ナフルーズは謝罪に通い続けてきた。〈花の民〉は谷を離れない。だから彼が諦めない限り、自分たちはいつでもここで会える。

　その前提が、今、変わろうとしている。

「変わり果てた家が残されているのを見れば、わたしたちが命からがらどこかへ逃げたと察するはず。あの方に人としての良心があるなら、隠れて生きる〈花の民〉の行方を捜させたりはしないでしょう――だから、これが区切りになるんだよ」

「区切り……」

　ドクン、と心臓が跳ねた。

　ナフルーズと永遠に会えなくなると思っただけで目の前が真っ暗になる。

　浅い呼吸をくり返しながら必死に見上げるルスランに、ユディトは自分の方が痛みを堪えるような顔でゆっくりと頷いた。

「あの方も、おまえも、もう一度自分の人生を歩みはじめることができる。これは神様がくださったチャンスなんだと思わなくては」

「そ、そんなの嫌だ……！」

　ナフルーズのいない人生なんてあり得ない。彼と出会って自分は変わった。運命の相手だったのだ。命を燃やして愛した相手と二度と会えなくなるなんて。

　長い髪をふり乱し、子供のように首をふる。

　そうやって感情のままに喚(わめ)きながらも、母の言うことはもっともだと頭の隅で理解してもいた。

いつまでもこんなことを続けていていいわけない。それはナフルーズ本人だって痛いほどわかっているはずだ。政務にも支障が出ているだろうし、後継者問題の解決にもつながらない。ルスランが手を離さない限り、ナフルーズは未来に進めない。それは彼のみならず、国のためにもならないことだ。

――ぼくがこの手を離さない限り……。

両手を見下ろし、わなわなとふるえる。

これまで目を逸らし続けてきた事実を突きつけられ、恐ろしさに息もできない。

「あの方は、誠心誠意を尽くそうとしてくれた。おまえはそれほどにまっすぐな方を愛したんだよ。誇っていいし、無理に忘れようとしなくていい」

「母さん」

「だからね。もう、あの方を解放して差し上げなければ」

「……っ」

雷に打たれたように身体がふるえた。

感情があふれ出し、涙となってボロボロと頬を伝う。

はじめて対面した時のこと、はじめて花を降らせた時のこと、楽しかった日々、うれしかった日々、そして花が降らなくなった時のこと――これまでのことが次から次に蘇る。思い出のひとつひとつにいるナフルーズが愛しくて、恋しくて、ルスランは子供のように声を上げて泣きじゃくった。

「へい、か……、……へ、い……か………」

手を離すのがこんなに怖いなんて知らなかった。

それでももう、次に進まなければならない時が来たのだ。

〈幸福の民〉として彼をしあわせにすることはできなかったけれど、せめて自分が手を離すことで、ナフルーズが幸福になってくれたなら。

――大好きな陛下……どうか、ぼくを忘れてしあわせになってください。

ルスランは強く唇を噛み締めると、断腸の思いで「わかった」と頷く。

初恋から手を離した息子を、ユディトはその痛みごと強く強く抱き締めてくれた。

「これでいいの。これでいいんだよ」

「……っ」

母の胸に頬を埋め、声もなく涙を流しながらルスランは初恋に別れを告げる。

――これでいい。これでいいんだ。

何度も自分に言い聞かせながら悲鳴を上げる心に蓋をした。

大きく深呼吸をしたルスランは気持ちを切り替え、ユディトと手分けして逃げる仕度をはじめる。

わずかな着替えや保存食を掻き集め、火打ち石や蠟燭(ろうそく)を鞄に入れた。ここに戻る時に着ていた服は、少し迷ってからキャビネットに戻す。未練はここに置いていくのだ。

準備が終わり、静かに祈りを捧げていた時だ。

ドンドンドン！　と激しく扉が叩かれる。

「ルスランに会いにきた。どうかここを開けてくれ」

「……！」

ナフルーズだ。

恋の残り香を引き止めるかのようなタイミングにルスランは驚いて顔を上げた。手を離すと決めたばかりなのに、その声を聞いただけで恋心は鮮やかに蘇る。

――来てくれたんだ。こんな嵐の中を、本当に……。

ふらふらと扉に吸い寄せられそうになるルスランをユディトが制した。

「お帰りください。ルスランのことはもうお忘れになってください」

毅然とした声にハッとなる。

ドアの向こうでナフルーズも同じように身を強張らせたことだろう。

それでも、彼は諦めなかった。

「お願いだ。ここを開けてくれ。ルスランに会わせてくれ。一目でいい」

「できません。お帰りください」

「もうすぐ夜になる。その前にここを出るのだろう。このままでは会えなくなってしまう。どうか、頼む。このとおりだ……！」

ナフルーズが跪いたのか、剣の鞘が地面を打つ音がする。

「陛下！」

「国王がなんということを！」

いっせいに諌める声が上がったが、それでもナフルーズは構うことなく、嵐にも負けぬ大声で叫び続けた。

「ルスランに会えなくなったら俺は死んでも死にきれない。国王ではなく、ひとりの男として希う。このナフルーズ、一生に一度の願いだ。ルスランに会わせてくれ。俺はルスランを愛している！」

その瞬間、息が止まった。

嵐の音さえ聞こえなくなった。

ルスランは母の手をふり払い、無我夢中でドアに縋りつく。

「陛下！」

「ルスランか！」

「陛下……今、なんて……」

愛していると言ってくれたか。

それは聞き間違いではなかったか。

信じられない思いと、それでも信じたい強い気持ちが混じり合い、心臓は壊れたように早鐘を打つ。

扉一枚隔てていながら触れたところから彼の体温が沁みこんでくるようだ。

ナフルーズに会いたい、顔が見たいとノブに手をかけたルスランだったが、ユディトに肩を摑まれ、強引に扉から引き離された。

「母さん」

「もう決めたことでしょう」

ユディトが頑として首をふる。

彼は大きく息を吸いこむと、子を守る親として再び扉越しに王に向き合った。

「あなたは、わたしの大切な息子を枯らした。二度と同じことをしないとどうして言えましょう」

「疑う気持ちはもっともだ。本当に申し訳ないことをしたと思っている。取り返しのつかないことをしてしまうところだった」

「ならば！」

「だからこそ！」

ふたりが声を重ねたその時、ドオオォン！　という耳を劈く轟音とともに雷が落ちる。

辺りは一瞬真昼のように明るくなり、それによって谷の惨状がまざまざと浮かび上がった。風雨は激しさを増す一方で、危険は刻々と迫っている。

それでもなお、ナフルーズは一歩も引かなかった。

「俺の一生をもって罪を償わせてほしい。ルスランをこの世の誰よりしあわせにする。誓う！」

ナフルーズが声高く宣言した直後、扉の向こうがざわざわとなった。打ちつける暴風雨に混じって話し合うような声も聞こえてくる。

「……開けてくれ」

少しの間があって、聞こえてきたのはサーリムの声だった。無事に見回りから戻ったのだ。

大急ぎでドアを開けると、そこにはサーリムと、全身ずぶ濡れで泥塗(まみ)れになったナフルーズの姿があった。

あんなに美しかった焦げ茶の髪は乱れ、寒さのせいか肌の血色も失われて見る影もない。それでも目に宿した光は強さを失わず、まっすぐこちらを見据えている。数ヶ月ぶりに見るナフルーズの姿にルスランは痛いほど胸を高鳴らせ、息を呑むばかりだった。

「陛下……」

――――やっと会えた。やっと、陛下に……。

胸が詰まって言葉にならない。

ナフルーズもまた同じなのだろう。じっとルスランを見つめたまま立ち尽くす。

そんなナフルーズを促して家に入ったサーリムは、家族を守るようにその間に立つと、まっすぐに王を見上げた。

「さっきの言葉。もう一度、俺たちの目を見て誓えるか」

俺の一生をもって罪を償わせてほしい。ルスランをこの世の誰よりしあわせにする――。

心臓が痛いほど胸を打つ。

緊張と期待で頭の中が真っ白になる。

ナフルーズはサーリムを見、ユディトを見、そしてルスランを見つめて力強く頷いた。

「この命に替えても」

「神にも誓えるか」

「神と、歴代の王に誓って」

その揺るぎない眼差しに胸が熱くなる。

サーリムは静かに頷くと、すぐ後ろにいたルスランに向き合った。

「おまえはどうだ」

――もちろんぼくも……！

許されるなら自分も彼をしあわせにしたい。彼の心に向き合いたい。この愛を諦めたくない。

言いたいことはたくさんあるのに胸がいっぱいで言葉にならない。

何度も何度も頷くルスランにそっと眉尻を下げると、サーリムは妻のユディトに手を伸ばした。

「おまえは」

労るようにユディトの細い背中をさする。

「おまえが命懸けで産んでくれた子だ。もう一度、許してやれるか」

ユディトは夫を見つめ、ルスランを見つめ、それからナフルーズを見上げて顔を歪めた。

「本当は、やめなさいと言いたいです。あんなにボロボロになったこの子を見ているんですから……ようやく気持ちの整理もできたところだったのに」

「気持ちの、整理……？」

ナフルーズがピクリと反応する。

「陛下を解放して差し上げるようにと」

「なんだって」

「ルスランがここにいる限り、陛下は謝罪に通われるでしょう。ですから、ここを出て新しい人生を送ることがお互いにとって最良なのだと」

「そんなことがあるものか！」

矢も楯もたまらず声を上げたナフルーズは、大股でサーリムたちの横をすり抜け、ルスランの前にやってきた。

「ルスラン」

真正面から見つめられ、名を呼ばれて、ルスランはその場に縫いつけられたように動けなくなる。情熱を宿した眼差しに身も心も射竦められてしまう。

ナフルーズは片膝をつくと、愚直なほどまっすぐにルスランを見上げた。

「俺は、なにがあってもおまえを諦めない。おまえでなければだめなんだ」

「陛下……」

「おまえを大変な目に遭わせてしまったことを心の底から後悔した。自己嫌悪で気が狂いそうだった。失ってはじめて、自分がどれだけおまえを必要としていたか、おまえに惹(ひ)かれていたかを思い知った。……どうか身勝手な俺を許してほしい。この償いをさせてほしい。おまえをしあわせにするためならどんなことでもよろこんでやる」

あぁ、これは現実だろうか。夢を見ているんじゃないだろうか。

心の蓋などとうに外れ、後から後から想いがあふれる。一度は手放そうとした、自ら葬ろうとした恋心が色鮮やかに蘇る。

昂りは熱い涙となって白い肌をぽろぽろ伝った。

「陛下、が……ぼくを………」

そっと伸ばした両の手をナフルーズがやさしく包んでくれる。

そんな彼の両目にも涙が浮かんでいるのを見て、うれしさと切なさに胸がぎゅうっとなった。自分たちは同じ気持ちなのだと今はじめて心から思えた。

——陛下がぼくを想ってくださる……ぼくが想うように、陛下もぼくを………。

立ち上がったナフルーズがそっと涙を拭ってくれる。

「おまえには辛い思いばかりさせてしまった。本当に、本当にすまなかった」

「そんなこと……」

「おまえが愛情を注いでくれたおかげで俺は変わることができた。これからは新しい人生をおまえとともに歩んでいきたい。ルスラン、おまえはそれを許してくれるか」

仮初めの夫々ではなく、生涯の伴侶として生きていきたい。

そんなナフルーズの願いを受け止め、自らも同じ想いを重ねて、ルスランは力強く頷いた。

「ぼくも、陛下と一緒に生きていきたいです」

「ルスラン！」

両肩を引かれ、愛しい胸に抱き締められる。濡れそぼった彼の身体は冷たく強張っていたけれど、触れたところから熱い想いがドッと流れこんでくるようで、ルスランも夢中で腕を回した。

「陛下……陛下、陛下……陛下……！」

やっと、やっと、想いを言葉にすることができた。重ね合わせることができた。それはなんという幸福だろうか。目も眩むようなしあわせに涙が勝手にあふれてくる。拭っても拭っても追いつかないうれし涙を流しながらふたりは強く抱き合った。

そんな息子たちの姿に、ユディトもまた涙を浮かべながらそっと微笑む。

「これでは、わたしの出る幕はありませんね」

「長い人生、失敗することだってある。その教訓から学ぶこともまた人生だ。……ただし」

サーリムは一度言葉を切ると、ナフルーズに向かって「これだけは言っておく」と戒めた。

「ルスランは俺たちのかわいい息子だ。命よりも大切なものだ。二度と悲しませるな。また同じ目に遭わせたら今度こそ絶対に許さない」

子供のしあわせを願うからこそ、そこには期待と同じだけの不安がある。

ナフルーズはルスランを抱き締めていた腕を解き、サーリムとユディトに向き合うと、真剣な顔で一礼した。

「誓って。必ず」

「……わかった。認めよう」

ついに下りた両親の許しに、ルスランは胸を高鳴らせながらナフルーズを見上げる。

同じ気持ちだと言うように微笑んだ彼に両手を取られ、宝物のように握られた。

「これからは『陛下』ではなく、俺の名前を呼んでくれ」

「ナフルーズ様……」

「そうだ。愛している、ルスラン」

「ナフルーズ様……ぼくも、愛しています」

互いの身ひとつで向き合い、心から想いを伝え合ったその瞬間――信じられないことが起きた。

ルスランの頭上高くから桃色の花びらが舞い降りたのだ。一枚、二枚と降ってきたそれは瞬く間に数を増やし、まるで花吹雪のようにふたりの上に降り注ぐ。

〈花の民〉として蘇生したのだ。

手をつないだまま花びらを受け止めたルスランは、我が身に起きた奇跡に息を呑んだ。

「こんなことが、あるなんて……」

両親も驚きに涙ぐみながら、はじめて見る息子の花びらに目を細める。

「一度枯れた花が蘇るなんて聞いたことがありません」

「愛の力は偉大ってやつだな」

「本当に良かった。本当に……」

肩を寄せ合う両親に見守られながら、ルスランは再びナフルーズを見上げた。

「すべてはナフルーズ様のおかげです」

「なにを言う。おまえの愛が起こした奇跡だ。俺はおまえを誇りに思う」

引き寄せられるままあたたかな胸に顔を埋める。

愛によって結ばれたのだと思うとうれしくてうれしくて、このまま声を上げて泣いてしまいそうだ。

ほう…、としあわせに嘆息した、その時だった。

またも激しい雷鳴が轟いたかと思うと、大きなものが倒れたような、ドォン！という地鳴りが響いてくる。

ナフルーズはハッとして身体を離すと、すぐに王の顔に戻って扉の向こうに呼びかけた。

「ファズイル。外の様子はどうだ」

「はっ。嵐は酷くなる一方で、もはや一刻の猶予もございません」

「倒木により近くの家が倒壊した模様です。屋根や家具が飛ばされております」

「身の安全を守るため、我々も屋根のあるところに避難いたします。どうかお許しください」

家臣たちも口々に報告を上げる。どうやら予想以上のスピードで事態は悪化しているようだ。

ふり返ったナフルーズは真剣な顔でルスランたち三人を見回した。

「このままここにいては危険だ。村人たちとともにすぐに逃げよう」

「村人みんなで……？」

サーリムが戸惑いの声を上げる。

いざとなれば逃げようと腹を括っていたとはいえ、村人全員を集めればそれなりの人数にはなる。

そんな大所帯での避難は想定外だったし、依然としてどこへ逃げたらいいかという問題もある。

不安に顔を見合わせる三人に、ナフルーズは「任せてくれ」と胸を叩いた。

「こんな時のために策を講じてある。きっとうまくいくはずだ」

聞けば、この三ヶ月間、毎回通うルートを変えて〈花の民〉の居場所が他に洩れないよう工夫するうちに最も安全かつ早く行き来できる迂回路を発見し、密かにその道を整備することで、いざという時に備えておいたのだと言う。

嵐の予兆ありとの報告を受けたナフルーズは、ルスランたちが谷に留まって災害に巻きこまれるか、運良く逃げられたとしても行き倒れになるだろうと強い危機感を抱き、今日ばかりは近衛兵を率いて助けにきたのだと聞いてルスランは言葉を失った。

国王自ら危険も顧みずにそこまでするなんてと、城内ではさぞや非難を受けただろう。反対の声もあったかもしれない。それでもナフルーズは来てくれた。こうして手を差し伸べてくれた。

「ナフルーズ様が、ぼくたちのために……」

身をふるわせるルスランの横で、両親が床に跪く。

「これまでの数々の非礼、どうかお許しください。そこまでルスランを大切に思っていてくださったとも知らず……」

「顔を上げてくれ。おまえたちの言うことに間違いなどひとつもなかった。それは、俺が身をもって知っていることだ」

「陛下」

「これは俺の償いだ。一生をかけて償っていくと誓った。俺はルスランだけでなく、おまえたちにも大切な人を亡くしてほしくない。わかってくれるか」

サーリムとユディトはハッとしたように息を呑むと、涙を滲ませながら頭を下げた。

そこからはあっという間だった。

サーリムが村の男たちとともに大急ぎで長老のもとへ直談判に行き、村人全員の避難が決まる。

牛や羊などの動物たちは一番高いところにある小屋に集め、数日分の食料と水を残した。この非常事態だ。身を切られるように辛いけれど連れていくわけにはいかない。せめてもの頼みとして愛犬のシビだけは連れていくことを許してもらった。

「シビ。いい子でついてきてね。一緒に頑張ろうね」

大好きなルスランの言葉に、シビが「わふん！」と力強く答える。これならきっと大丈夫だ。

ナフルーズは小屋で待機していたファズイルたちを集めて指示を出し、あらかじめ想定しておいた手順の最終確認を行うと、女性や子供、老人たちを優先しての大規模避難がはじまった。

いくら慣れ親しんだ土地とはいえ、暗くなる中、しかも強い雨と風に晒されながら歩くのは身体に堪(こた)える。それでも子供たちは山羊に跨がり、老人たちは頑丈な小ロバの背にしがみつくようにして、必死に険しい山を登った。

「歩ける方も無理をなさらず。一歩ずつ、麦藁が敷いてあるところを行ってください」

ファズイルが定期的に声をかけては皆を励ましてくれる。

泥濘(ぬかるみ)に足を取られないように、あらかじめ滑り止めとして麦藁を敷いておいてくれたのだそうだ。大変な手間だったろうに、暗い山道を安全に行かせることを最優先に考えてくれたのだろう。実際、これがなかったら何人が滑って転び、あるいは山を転げ落ちていたかわからない。

ルスランもサーリムやユディトと助け合い、お隣さんやシビと励まし合いながら、やっとの思いで山を越えた。

けれど問題はここから先で、大きな街まで行こうとすれば馬でも一日かかる距離だ。とても全員を連れていくことなどできそうにない。

どうするのだろうと思って見上げると、ナフルーズが「心配するな」と頷いた。

「近くに全員を泊められる宿屋がある。素性は一切訊ねないから安心しろ。もちろん金も不要だ」

「この近くに、ですか……？」

〈花の民〉の村のすぐ傍だ。そんなところに人が集う場所などあっただろうか。

不思議に思っていると、ファズイルが「お造りになったのです。このために」と教えてくれた。

「そっ、そんなことまで……ナフルーズ様……！」

あまりのことに目が丸くなる。

ナフルーズは小さく肩を竦めて応えると、またすぐに王の顔に戻った。

「全員が到着するまで油断はするな。確実に送り届けることを最優先に動け。俺はルスランとともに行く。なにかあったらすぐに知らせろ」

「はっ」

ファズイルは一礼すると、キビキビとした動作で近衛兵たちに指示を送る。

かくして村人たちは兵に守られ、ルスラン一家はナフルーズに厳重にガードされながら、ようやく目的地である宿屋に入った。

村人全員を収容してもまだ余裕があるほど建物は大きく頑丈で、とても急拵えとは思えないほどだ。いざという時の避難所だからと配慮してくれたのだろう。こんな非常事態だからこそ、真新しい木の匂いがうれしかったし、なにより安心して眠れるだろうことがありがたかった。

ナフルーズをはじめ、ファズイルや近衛兵たちも今夜はここに泊まるそうだ。

ルスランたちは家族ごとに部屋を割り当てられ、それぞれ盥に湯をもらって汚れた身体をきれいにする。それが終わると、ありがたいことにあたたかなパンとスープまで配られた。これらもすべて、備蓄食料として運びこんでおいてくれたものだそうだ。

「国王陛下にはなにからなにまで……ほんに、なんと御礼を申し上げたらよいか……」

集まった村人たちを代表して長老が深々と頭を下げる。

「谷を出たこともない儂らだけではどうすることもできませなんだ。どこへ行けばよいのかも、どうすればよいのかも……意を決して逃げ出したとしても、あの嵐の中では散り散りになって死んでいたことでございましょう。さらには宿や食料まで……」

身体を折り曲げ、嗚咽を堪える長老を支えながら、皆もナフルーズに向かって頭を下げた。

「陛下に助けていただいたこの命、決して無駄にはいたしません」

「かくなる上は〈花の民〉一同、陛下のためにお仕えしとうございます」

「どうか、我々にご命令くだせぇ。ご恩返しをさせてもらわにゃ気が収まりません」

血気盛んな男たちも、乳飲み子を抱えた女たちも、皆が一様に口を揃える。

その顔をひとつひとつ眺め回し、おだやかに目を細めたナフルーズは、けれど首を横にふった。

「礼などいらぬ。おまえたちが健やかに生きてくれることがなによりの恩返しだ」

「ですが」

「これは俺の償いなのだ。償いに礼をするのはおかしい。そうだろう？」

ルスランが命懸けで自分を愛してくれたように、自分もまた命懸けでルスランと、彼が大切にするものを守りたい。

ナフルーズがそう言うと、村人たちは驚いたようにルスランを見、ルスランの家族を見、それからもう一度ナフルーズに視線を戻した。

「そんなことが……。そうか、良かったなぁ、ルスラン」

「はい。本当に」

それに笑顔で応えながら、ナフルーズとも目と目で言葉を交わす。

微笑みながら頷いたナフルーズは、あらためてその場の全員を見回した。

「さぁ、今夜はもう遅い。あたたかくしてゆっくり休むといい。無事に谷に戻れるよう皆で祈ろう」

「ありがとうございます。陛下」

「陛下もどうかお疲れの出ませんように」

村人たちは口々に礼を言いながらそれぞれの部屋に入っていく。

ナフルーズはファズイルと話すことがあるとのことだったので、ルスランは邪魔にならないように挨拶だけして、両親とともに宛がわれた部屋へ戻った。

いつもは家畜小屋で眠るシビも今日だけはルスランたちと一緒の部屋だ。「いい子にしてね」との言いつけを守り、避難中一度も吠(ほ)えたり唸ったりしなかった賢い愛犬は、大好きなルスランがドアを開けるなり真っ先に飛んできて「おかえり！」と尻尾をふった。

「ただいま、シビ。新しいお部屋は気に入った？」

シビはうれしそうに部屋の隅に駆けていって、得意げにくるんと丸まってみせる。どうやらそこを特等席と決めたようだ。

それを微笑ましく見守りながらルスランはあらためて室内を見回した。

大人が三人でいても息苦しさを感じないどころか、家より広いんじゃないかと思うほどだ。寝台もしっかりしているし、シーツも毛布も手触りがいい。

これらを全部、あらかじめ用意しておいてくれたなんて。

今回のようなことがなければ無駄になったかもしれないし、お金だってたくさんかかっただろう。

それなのに、ナフルーズは礼を受け取ろうとしない。自分たちが健やかに生きることがなによりの恩返しだと言う。

「本当に、大した御方だ……」

サーリムがしみじみと頷く。

「陛下は、誓いの言葉を有言実行してくださった。おまえを預けても大丈夫だと身をもって証明してくださった。親としてこんなにうれしいことはない」

「わたしたちはお礼に祈りましょう。陛下のために」

「そうだな。陛下の御代が輝かしいものであるように。ふたりがしあわせであるように」

「父さん。母さん……。それじゃぼくは、みんなのことをお祈りするね。早くもとの暮らしに戻れるようにって。シビも一緒にね」

「わふ！」

名前を呼ばれた途端、すっと立ち上がったシビが勢いよく足下にじゃれついてくる。そんな愛犬の頭を何度も撫でつつ、三人と一匹は肩を寄せ合いささやかな祈りを捧げた。

そこへ、控えめなノックの音が響く。

扉を開けるとナフルーズが立っていた。後ろにはファズイルの姿もある。

「遅くにすまない」

「いいえ。どうぞ」

なにか、急いで伝えなければならないことでも起こったのだろうか。

ゆるみかけていた緊張が再び戻る。不安な気持ちでふたりを招き入れるルスランに、ナフルーズはなぜかおだやかに微笑みかけた。

「さっきは慌ただしくて話もできなかったからな。眠る前に、おまえの顔を見たくて来た」

「………え？」

「どうした。なにかおかしいか」

「い、いえ。あの…、その……」

――それだけのために？　わざわざ？　国王陛下が？

言いたいことなど全部顔に出ていたのだろう。

目を丸くしたまま赤面するルスランに、ファズイルが一番に噴き出す。それを見てようやく緊張を解いた両親もふたり揃って「ふふっ」と笑った。

「も、もう……！」

笑うという感覚自体を久しく忘れていた気がする。

ルスランも自分で自分に噴き出してしまい、最後にはナフルーズも一緒になって笑った。

「今日は本当に疲れただろう。残してきたものを思うと気が気ではないだろうが、明日以降に備えてゆっくり休んでくれ」

「ありがとうございます。ナフルーズ様や、ファズイルさんも」

「明日の朝、嵐が弱まっていれば近衛兵に谷を見にいかせる。視察の結果、戻っても問題なさそうだとわかるまではここで待機だ。しばらくは堪えてくれ」

「もちろんです。すべてナフルーズ様のおっしゃるとおりにします」

「それから、谷に戻れることになったとして、だが……」

ナフルーズは一度言葉を切ると、祈るようにルスランを見つめる。

「おまえは谷に残るか。それとも、俺とともに来てくれるか」

「もちろんお城に！」

なんの迷いもなくそう答えてから、ハッとして両親をふり返った。サーリムもユディトも寂しさと誇らしさの入り交じった複雑そうな顔をしている。

ルスランはふたりに向き合うと、それぞれに腕を伸ばして抱擁を交わした。

「父さん。母さん。寂しい思いをさせてごめんね」

「いつかは来る日だ。親には、子が巣立つのを見送る役目がある」

「どうかしあわせになって、ルスラン。それがわたしたちの一番の願いだよ」

「ありがとう……父さん、母さん……」

両親の深い愛情に包まれながら、自分も将来、我が子にこんな言葉を贈る日が来るかもしれないと思いを噛み締める。その時はきっと今以上にふたりの気持ちがわかるだろう。

名残惜しさを堪えて腕を解く。

胸をいっぱいにしながら見上げるルスランに、ナフルーズは慈愛に満ちた眼差しで応えてくれた。

それから彼は最敬礼の構えを取り、ひとりの男としてサーリムたちに向き合う。

「おまえたちから大切なルスランを奪うことを許してくれ。必ず、しあわせにする」

「陛下……」

驚いたのは両親だけではない。ルスランも、ファズイルまでもが息を呑んだ。

国王が平民に最敬礼を捧げるなど前代未聞。国家の頂点に立つものが神以外の前に平伏することなどあってはならない。

大慌てで止めようとする一同を、けれどナフルーズは真剣な顔で制してみせた。

「大切なルスランを産み育ててくれた両親に礼節を尽くすのは当たり前のことだ。これは国王としてではなく、ひとりの男としてのけじめなのだから」

「もったいないことでございます。どうか、末永くおしあわせに」

両親が深々と頭を下げる。

おだやかに笑み交わす三人を見つめながら、ルスランはしみじみとしあわせを噛み締めた。いつかこんな日が来るなんて、出会った頃の自分が知ったらさぞや驚くことだろう。

「それでは、夜遅くに邪魔したな」

「おやすみなさいませ」

ナフルーズは踵を返しかけ、肩越しにこちらをふり返った。

「ルスラン。少し」

「は、はい」

不意打ちの流し目にドキッとなる。

それでもなんとか平常心を保ちつつ、両親に「先に寝ててね」と言い置くと、ナフルーズに続いて部屋を出た。

ナフルーズはファズイルに先に戻るよう言いつけ、ランタンを手に歩きはじめる。

その大きな背中を見上げながらルスランはしみじみとこれまでのことをふり返った。一度は彼との未来を諦め、手を離そうとまでしていたのに、最後にはこんな幸福が待っているなんて。

——きっと、運命なんだ……。

自分と彼の小指は見えない赤い糸でつながっている。そんなお伽噺(とぎばなし)を心から信じてみたくなる。

高鳴る胸を押さえ、ほう…、とため息をつくと、それに気づいたナフルーズが足を止めた。

「どうした。怖いか」

暗くて表情まではわからないけれど、おだやかな声音にルスランは安心して首をふる。

「いいえ。ナフルーズ様とご一緒なら」

「おまえは俺をうれしがらせることばかり言う」

どこに行くというあては最初からなく、ふたりきりになりたかったのだろう。ナフルーズは近くの窓辺にランタンを置くと、あらためてこちらに向かって両腕を広げた。

「ルスラン」

やわらかな灯りに照らされたおだやかな表情ははじめて目にするもので、その男らしい笑顔に胸がきゅうっと甘く疼く。この人のものになれるよろこびに全身がひたひたと満たされていく。

「ナフルーズ様」

勢いよく腕の中に飛びこむと、ナフルーズは笑いながら難なくルスランを受け止めてくれた。胸に頬を押し当てた途端、ドクンドクンと力強い鼓動が聞こえてくる。愛しい命をつなぐその音に不覚にも涙が出そうになった。

彼が生きてここにいる。それはなんという奇跡だろうか。

「おまえが無事で本当に良かった」

ナフルーズも同じことを思っていたのか、抱き締める腕に力が籠もる。

ルスランはそっと顔を上げると、まっすぐに愛しい人を見上げた。

「これからもずっとナフルーズ様のお傍にいます。飽きたと言われても離れません」

「飽きることなどあるものか。おまえも知っているだろう、俺は執念深さには自信があるんだ」

悪戯っ子のようにナフルーズが片目を瞑る。

それに一緒になって笑いかけたルスランは、けれどふと、大事なことを思い出した。

長い間、彼の心に棲んでいた人――――アイランのことはどうするのだろう。

訊いてもいいものか迷っていると、それを察したナフルーズが力強く首を横にふった。

「今の俺はおまえだけだ。そしてこれからも、おまえだけを愛して生きていく」

「ナフルーズ様」

「愛している。おまえだけを、これほどに」

そっと手を取られ、ナフルーズの胸に押し当てられる。高鳴る鼓動を愛の言葉とともに伝えられて胸が熱くなった。彼にとっては命そのものが自分への愛の証なのだ。

この命のある限り、おまえを愛し続けると誓う――――。

胸をふるわすほどの感動は、桃色の花びらとなってふたりの頭上に降り注いだ。

「あぁ、おまえの愛はこんなにも美しいのだな……」

ナフルーズが花を見上げ、愛おしそうに目を細める。

「おまえと巡り会えて良かった。俺は本当にしあわせものだ」

ゆっくりと腰に手を回され、もう片方の手を頬に添えられて、心臓がドクンと高鳴った。

ナフルーズの眼差しが雄弁なほどに愛を語る。

だからルスランも想いをこめて琥珀色の瞳を一途(いちず)に見上げた。

「愛している。ルスラン、おまえだけだ」

「ぼくも、あなただけを愛しています。ナフルーズ様……」

ゆっくりと瞼を閉じた瞬間、唇が熱いもので塞がれた。

同じだけの想いを重ね、痛みを重ね、そしてすべてを愛で包んで乗り越える。

ふたりは万感の思いとともに歓喜のくちづけに酔うのだった。

*

それから半年後。

春の訪れとともに、ふたりの婚礼の儀が華々しく執り行われようとしていた。

すべてを取り仕切ったファズイルはさぞ大変だっただろう。城の警備を行う近衛兵たちを統率し、伝令たちと協力して各国との調整を行い、平行して式典と披露宴のすべてをまとめ上げたのだから。もちろん、婚礼の衣装に関してはサンジャールが、祝宴の食事についてはセルヴェルが、それぞれの得意分野から全面的にバックアップしてくれた。

こうして、皆の尽力のおかげで無事に当日を迎えた次第だ。

「よく似合ってるわ、ルスラン。とっても素敵よ」

数歩下がって見栄えを確かめたサンジャールが目に涙を浮かべる。

着つけてもらったのは、サン・シット王家に代々伝わるという婚礼衣装だ。

踝まである紅茶色の長衣には王家の人間だけに許される伝統意匠が織りこまれている。その上から金糸刺繡の施された丈の短い上着を羽織り、胸元を宝石のついたブローチで留めた。

腰まであるベールを纏い、さらに美しい宝石を散りばめた冠を被らされたルスランは、あらためて全身を眺めながらしみじみとしあわせのため息を洩らす。

鏡に映った自分は、これまで見たことがないほど満ち足りた顔をしていた。

「本当に、この日が来たんですね」

「ええ。正真正銘、花嫁さんになる日が来たのよ。おめでとう」

サンジャールが横からぎゅっと抱き締めてくれる。その気持ちがうれしくて、化粧をしてもらった後だというのに涙がこぼれてしまいそうになった。

「だめだめ、泣いちゃ。笑ってちょうだい。化粧が剝げてみっともないのはあたしひとりで充分よ」

「もう。サンジャールさんったら」

涙を拭うサンジャールに泣き笑いしていると、コンコン、とノックが響いた。

侍女が取り次ぎのために扉を開けると、やってきたのは料理人のセルヴェルだ。

「お取りこみ中に申し訳ありません。ルスラン様に一言お祝いを……って、いやぁ見事なもんだ！　なんてきれいな花嫁さんだ！」

入ってくるなりあんぐり口を開けたセルヴェルに、またもサンジャールと揃って噴き出した。

「わざわざ来てくださってありがとうございます。でも、今調理場を離れたりして大丈夫ですか？　怒られたりしませんか？」

彼は披露宴で出される食事の一切を任されているはずだ。今頃、調理塔の中は戦場のような忙しさだと思うけれど。

そう言うと、セルヴェルは得意げに口角を上げた。

「手を抜いてるわけじゃありませんぜ。この日のために念入りにシミュレーションして、それぞれの持ち場に任せてもいい時間に伺わしていただきました。式がはじまってからじゃ動けませんからね。ルスラン様の花嫁姿を一目見るためなら、このセルヴェル！」

そう言って「フン！」と両腕に力瘤(ちからこぶ)を作ってみせる。

「どうか料理もお楽しみに。どれも腕によりをかけて作らしてもらいます。もちろん、デザートにはとっておきのプシュカを」

「わぁ！」

プシュカと聞いてルスランは思わず拍手した。

アイリーンとセルヴェルの三人で作った思い出の品であり、ルスラン自身生まれてはじめて食べた

お菓子でもある。なにより、ナフルーズの大好物だ。祝宴の最後を飾る甘い甘いデザートに皆の頬も

さぞゆるむだろう。

「すごくうれしいです。楽しみにしていますね」

セルヴェルの両手を取って感謝を伝える。

そんなルスランの激励に、「お任せを！」と胸を張ったセルヴェルが部屋を出るのと入れ違いに、

今度はファズイルがやってきた。

「ルスラン様。本日は誠におめでとうございます。この良き日をお迎えになられましたことを心より

お慶び申し上げます」

「ファズイルさんまで。お忙しい中、どうもありがとうございます。準備の方はいいんですか？」

直前まで大わらわで寝る間もないと聞いたけれど。

心配するルスランに、ファズイルは「ご安心ください」と微笑んだ。

「警備でしたら、近衛隊が隅々まで目を光らせております。国賓の対応は宰相と大臣らが、その他の

招待客の方々についても侍従たちが誠心誠意応対させていただいております。私は全体の統率を」

それならますます現場にいなくていいのだろうか。

驚いていると、ファズイルは真剣な表情になり、なぜか深々と頭を下げた。

「此度のこと……結果として慶事に至ったとはいえ、ルスラン様には長きに亘り大変な思いをさせて

しまいました。ですから私も陛下同様、償いとしてこの身を粉にして働かせていただければと」

「もう。その話は無しですよ」

「ルスラン様」

「言ったでしょう。ぼくは、ファズイルさんに感謝しているんですって。ナフルーズ様と出会わせてくれたのはファズイルさんじゃありませんか。言わば、ぼくたちの恩人です」

「……っ」

ファズイルは嚙み締めるように真一文字に唇を結ぶ。

彼は腰に下げていた剣を外すと、あの日と同じように目の前に掲げてみせた。

「ありがたきお言葉。ならばこのファズイル、王室付近衛隊隊長として、国王とこのラーレの紋章に誓って、生涯ルスラン様をお護りいたします。陛下からもそのようにせよと」

「ナフルーズ様からも……？」

「後日、正式に王妃陛下付の小隊を結成いたします」

ファズイルは両手で捧げ持っていた剣を脇に差し、ルスランに向かって最敬礼を捧げる。彼なりの忠誠の証なのだろう。

そのまっすぐな気持ちがうれしくて、ルスランもまた返礼で応えた。

そこへ、にぎやかな声が近づいてくる。今まさに話題に上がったナフルーズと、彼と満面の笑みで手をつないでいるアイリーンだ。後ろには慌てふためいた様子の侍従や乳母の姿も見える。

「ナフルーズ様。アイリーンも」

まさか、式より先に顔を合わせるとは思わなかった。

「わざわざいらっしゃるなんて」

「早くおまえの花嫁姿を見たくてな。それなのに、こいつらは式まで待てなどと無粋なことを言う」

ナフルーズがお供を見遣って顔を顰める。どうやら強行突破して来たらしい。

「もう」

苦笑するルスランをよそに、ナフルーズはアイリーンと顔を見合わせ「早く見たいに決まっているだろう？」「みたい！　みたい！」と意気投合している。そんなところは本物の親子のようだ。

明るい声を立てて笑ったナフルーズは、しばらくするとこちらに向き直り、目に焼きつけるようにしみじみとルスランを見下ろした。

「良く似合っている」

「ありがとうございます。ナフルーズ様も、とても素敵です」

いつもの胴着姿も精悍で格好いいけれど、ハレの日の装いはまた格別だ。

今日のナフルーズはサン・シットの伝統意匠を織りこんだ黒い長衣を纏い、その上から金糸刺繍の施された立派なマントを羽織っている。この国の王だけに許された特別なものだ。

頭上に王冠を頂いたナフルーズは凜と雄々しく、まさに王の名にふさわしい威厳にあふれていた。

――こんな素敵な方の伴侶になれるなんて、夢みたい……。

ときめきにトクトクと胸が高鳴る。

両手で押さえたものの想いは留まることを知らず、桃色の花びらとなって降り注いだ。

「あっ、これはその……」

「そうか。そんなに気に入ってくれたか」

顔を赤らめるルスランにくすりと笑うと、ナフルーズは花びらを手の上に受け止め、大切な宝物にするように唇を寄せた。

「おまえの愛は饒舌（じょうぜつ）だな。だが、それは今夜の楽しみに取っておいてもらわなくては」

「ナフルーズ様……！」

慌ててアイリーンの方を見ると、幸いにも意味がわからなかったようできょとんとしている。

それに内心ホッとしながらルスランはアイリーンの前にしゃがみこんだ。

婚礼の儀に当たり、とびっきりおめかししてもらったようで、トレードマークのツインテールには黄色い生花が飾られている。

「すごくかわいいね。アイリーン」

「いいでしょう？」

アイリーンは得意げだ。大好きな色の花で飾ってもらえてうれしかったのだろう。彼女はその場でくるりと回ってみせた後で、いつもとは違うルスランの姿を興味深そうにじっと見つめた。

「ルスランも、とってもきれい」

「ありがとう」

「へいかの、およめさん？」

「うん。そうだよ。ナフルーズ様のお嫁さんになるんだ。アイリーンもなりたいって言ってたのに、ぼくが取っちゃってごめんね」

アイリーンは小首を傾げ、しばらく「んー」と考えていたものの、やがて考えがまとまったのか、

「んっ」と力強く頷いた。

「とくべつね！」

なんともかわいい答えについ噴き出す。それはルスランだけでなく、ナフルーズもサンジャールも、その場の全員がくすくすと肩を揺らした。

「ありがとう。ねぇ、アイリーン。これからは、ぼくもふたりの仲間に入れてくれるかな」

「ん？」

「三人で、家族になろう？」

「かぞく……？」

アイリーンが蜂蜜色の目をまん丸にする。

このことは、今日を迎えるに当たってナフルーズと何度も相談してきた。

先代王の庶子の子という難しい立場にあるアイリーンに肩身の狭い思いをさせたくない、世継ぎができたとしても一緒に暮らし続けたいとふたりで何度も話し合い、将来のことも視野に入れた上で、自分たちの養子に迎えようと決めた。

出生の経緯から王位継承権は付与できなくとも、代わりに家族の形をあげられる。後ろ盾をあげられる。将来彼女が嫁ぐ時が来たら、精いっぱいの送り出しをしてあげられる。

「どうかな。アイリーンは、どう思う？」

顔を覗きこむと、アイリーンは頬を薔薇色に染めながらこくこくと頷いた。

「すてきだと、おもう！」

「良かった！」

両手を広げるルスランの胸に、アイリーンが歓声とともに飛びこんでくる。

力いっぱいしがみついてくる小さな身体をぎゅっと抱き締め、背中をやさしくトントンしながら、ルスランは何度も「ありがとう」をくり返した。

「これからもよろしくね。ナフルーズ様のことは『お父様』って呼んで差し上げてね」

「とうさま？」

「……これが娘というものか。なんとも不思議な気分だな」

傍で聞いていたナフルーズが照れくさそうに笑う。

「いいか、アイリーン。ルスランのことは『お母様』だ」

「かあさま！」

「……本当だ。呼んでもらっただけで胸がぎゅーってなります」

うれしくて、照れくさくて、とんでもなくしあわせな気分だ。

三人で顔を見合わせ、微笑み合っていると、侍従がやってきて式典のはじまりを告げた。

いよいよだ。

「ルスラン」

ナフルーズがこちらに向かって手を差し出してくる。その眼差しは慈愛に満ちていて、彼がなにを考えているか言葉にせずともすべてわかった。

「ナフルーズ様」

ルスランからも同じ思いで手を重ねる。今日という人生最高の日を迎えることができたよろこびと誇らしさを噛み締めながら、ふたりは揃って部屋を出た。

儀式は、戴冠や婚姻など、国の大切な節目を祝う儀式の間で行われることになっている。

ナフルーズの今は亡き両親も、そのまた両親も、先祖代々誓いを立ててきた場所だそうだ。自分もそこで伝統のバトンを受け取るのだと思うと、畏れとともにとても厳かな気持ちになった。

幾重にも連なる装飾アーチを抜け、いよいよ儀式の間に足を踏み入れる。

そこは、床も壁も天井さえもすべてが白色で埋め尽くされていた。

サン・シットにおいて、白は清廉潔白を表す大切な色だ。高潔さの象徴でもある。

繊細な飾り窓から差しこむ純白の光を浴びながら、婚礼衣装に身を包んだルスランとナフルーズはまっすぐに奥へと進んだ。

今まさに人生の門出を迎えようとするふたりを祝しに、周辺国からはゲルヘム国王夫妻をはじめ、リッテンドルフ王太子、ローゼンリヒト国王夫妻、アドレア国王夫妻、イシュテヴァルダ国王夫妻、ガムラスタ外務大臣、その他各国の大使など錚々たる顔ぶれが揃った。

うれしかったのは、ルスランの両親も招待されたことだ。

王族の結婚式に庶民が出席するなど前代未聞だと一部の貴族からは驚きの声も上がったが、国王であるナフルーズが「ぜひに」と強く願ったことで、サーリムとユディトは貴賓席から息子の晴れ姿を見守ることとなった。

大切な人たちに囲まれながら結婚の誓いを立てることのなんと誇らしく、しあわせなことか。

目を見交わしたナフルーズはひとつ頷き、列席した人々に向き直ると、一同を大きく眺め回した。

「我サン・シット王ナフルーズは、尊き神と歴代の王の名にかけて誓う。ルスランを我が伴侶とし、ともに手を携え、この身命を賭して生涯サン・シットの発展のために尽くすことを」

凛とした声が室内に響く。

堂々とした姿に胸を熱くしながら、ルスランもまたまっすぐに列席者たちに向き合った。

「我ルスランは、尊き神と歴代の王の名にかけて誓う。サン・シット王ナフルーズ様の伴侶として、ともに手を携え、この身命を賭して生涯サン・シットの発展のために尽くすことを」

紛うことなき本心だ。

けれど、いざ口にするとなんと重たい言葉だろうか。自分はナフルーズというひとりの男性だけでなく、サン・シットという国に対して誓いを立てた。それが王妃になるということなのだ。

重責を実感するとともに、これからは自分が、たったひとりで国を背負ってきたナフルーズの支えになるのだと決意を新たにする。

強い気持ちで見上げると、ナフルーズは眩しいものを見るように目を細め、頷いてくれた。

「婚姻の証を」

恭しく運ばれてきた銀盆からナフルーズが指輪を取り上げ、ルスランの左手の薬指に嵌める。

この日のために誂えたお揃いの結婚指輪だ。ナフルーズのものには彼の瞳と同じ琥珀色の宝石が、ルスランのものには髪と同じ桃色の宝石がそれぞれ嵌めこまれている。誓いを全うする覚悟を宿した、世界でただひとつの一組だ。

ルスランも同じように銀盆から指輪を取り上げ、ナフルーズの左手の薬指に嵌める。

ナフルーズはそのまま手を取ると、ルスランだけに聞こえる声で囁いた。

「これで、俺とおまえは生涯の一対となった。なにものにも分かたれぬ唯一無二の存在であることをこの世界に宣言したのだ」

「ぼく、うれしくて……胸がいっぱいで言葉になりません」

「俺もだ。喩えようもなく胸がふるえる。今日まで生きてきて良かったと今なら心から言える」

「ナフルーズ様……」

見つめ合っているだけで想いがどんどんあふれてくる。

ここに至るまで、本当にいろいろなことがあった。

はじめて誰かを好きになり、運命の神に感謝した。敵わぬ過去に打ちのめされ、実らぬ恋の痛みを知った。希望を失い、生きる気力すら失い、あとは枯れて死ぬばかりと今際の際を彷徨ったことすらあった。回復してからも想いは尽きず、だからこそ自ら身を引くことを決めた。

あの嵐の日、ナフルーズが来るのがほんの少しでも遅かったら、今こうしてはいないだろう。親子で暗い山道を彷徨い遭難していたかもしれないし、運良く山を越えたとしても、街に辿り着く前に野垂れ死んでいたか、あるいは〈花の民〉と知られて闇市に売り飛ばされていたかもしれない。

すべては彼のおかげだ。

ナフルーズと出会えたことも、こうして手を取り合えたことも、すべては奇跡の連続だった。

──本物の、運命の恋だったんだ。

だから命懸けで彼を愛した。

そして彼もまた、同じだけの強さで命を懸けて愛してくれた。

「ルスラン」

眼差しが雄弁に想いを語る。

左手を取られ、永遠の愛を誓うように指輪の上にくちづけられて、胸の奥がきゅんとなった。唇で触れられたところから彼の情熱が流れこみ、甘い疼きとなって身体中へと広がっていく。

かつてないほどの深い幸福感で満たされた瞬間──想いは美しい花びらとなった。

「わぁ……！」

それは圧巻の光景だった。

数え切れないほどの花びらが降り注ぎ、視界のすべてを桃色に染める。まるでしあわせの花霞だ。

美しい花々は花嫁を飾り、花婿も飾り、そしてその場のすべてを歓喜に変えた。

「おおっ。花が……！」

「これが〈花の民〉なのですね」

国賓たちがいっせいに響めく。

降りしきる花に驚くもの、花びらを受け止めるもの、うっとり見入るものなどその反応は様々だ。

「なんと愛に満ちた光景でしょう」

「さすがは永世中立国の君主とその伴侶だ」

「おふたりとも、平和の象徴サン・シットそのものでいらっしゃいますね」

たくさんの祝福を胸に刻みながら、ルスランはそっとナフルーズを見上げる。

見返してくる琥珀色の瞳もよろこびと誇らしさで満ちていた。

「さぁ、祝宴を」

花霞の中、ふたりのための祝歌が高らかに響き渡る。

こうして、サン・シットに新たなる一ページが刻まれていった。


夜も更け、人々の笑い声が細波のように寄せては返す。

楽隊の奏でる音楽に合わせて皆が踊り明かす中、ルスランは廊下でふと立ち止まった。

「いいのでしょうか。出てきてしまって……」

後ろ髪を引かれる思いで大広間の方をふり返る。

するとすぐ、逸れた視線を引き戻すようにナフルーズに肩を抱き寄せられた。

「心配せずとも、祝宴は三日三晩続く。その後も記念式典だ、貴族の謁見だとひと月はこの騒ぎだ。出ずっぱりでは身体が持たん」

一度言葉を切った彼は、ふたりきりであることを意識させるように双眼に熱を籠める。

「それに、今宵は待ち焦がれたおまえとの夜だ。これ以上我慢などしていられるか」

「あ…」

雄弁に語る眼差しにじわじわと頬が熱くなった。

想いを重ねてから半年間、ナフルーズとは清らかな関係を貫いてきた。王族の系譜に関わるもの、ことに世継ぎを産むものには、結婚まで他者と交わりがないことが義務づけられている。そのため、どれだけ想いが募ろうと「婚姻の儀が終わるまでは」と堪えてきたのだ。

その制限が今、外されようとしている。

「わかるな」

「……は、はい」

耳元に口を寄せられ、低い声で囁かれて、たちまち心臓がドクンと跳ねた。

そう。唯一無二の一対となった自分たちを阻むものはもうなにもない。それが結ばれるということなのだから。

王の寝室へと案内したナフルーズは、護衛たちに人払いを命じ、ルスランを中へと導いた。

はじめて入ることを許された彼の私的な空間だ。暗がりの中、飾り窓から月の光が差しこんでいることに気づいたルスランは、その美しさに思わず足を止めた。

暗い夜空に満月が煌々と輝いている。

いつかひとりで見た三日月とは違う、どこも欠けたところのない満ち月だ。

「きれいですね。本当に、堂々とした姿はナフルーズ様のよう……」

そう言うと、隣に立つナフルーズがふっと含み笑った。

「いつか俺もあの月のように、おまえの言葉に一喜一憂して身を細らせたりもするかもしれんな」

「えっ。そ、それはいけません。ナフルーズ様はいつでも堂々としていてください」

「言ったろう、すべてはおまえ次第だと。俺を輝かせるのも、俺をよろこばせるのも、なにもかも」

腰を引かれ、額に触れるだけのくちづけが降る。

「あ…」

トクンと胸を高鳴らせたルスランは、そのまま豪奢な天蓋のついた寝台に促され、ふたりは並んで腰を下ろした。

「ルスラン」

大切な宝物のように名を呼ばれ、胸がじんわり熱くなる。

「ナフルーズ様」

想いをこめて応えると、大きな手が伸びてきて左右の頬を包みこまれた。そのまま想いをひとつにするように額と額をくっつけ合わせる。触れたところからナフルーズの想いが沁みこんでくるようで、ルスランは静かに目を閉じた。

「ルスラン。おまえはかつて人の心は自由だと言ったな。なにものにも束縛を受けないと……だが、おまえと一対になった今、俺は自分の心と魂がおまえに縛られることをうれしく思う」

「ナフルーズ様……」

「おまえにだけだ、こんなことを思うのは……だからおまえも俺だけだと言え。そして俺はおまえのものだと」

王としてありとあらゆるものを持つ彼が、ひとりの男として自分に向き合い、ルスランの心と魂を縛ることを許されたい、ルスランのものになりたいとねだっている。こんなまっすぐな告白を聞いて心を揺さぶられないわけがなかった。

胸を甘く疼かせながらルスランはそっとナフルーズを見上げる。

「あなただけです。ナフルーズ様。……そしてあなたは、ぼくだけのもの」

告げると同時に、ぶつかるようにして唇を塞がれた。

はじめてくちづけを交わした時の、触れるだけのキスとは違う。なにもかもを奪い尽くすような、すべてを明け渡すような情熱的なくちづけだ。彼の唇に触れられるたび、そして甘く食(は)まれるたびにルスランは小さく身をふるわせた。

「んっ…、ん……」

――キスしてる……ナフルーズ様と、こんなにいっぱい……。

今も夢を見ているようだ。

あふれる想いは花びらとなって寝台の上に降り注いだ。

婚姻の儀であれだけ花々を降らせたというのに、それと同じだけの量が後から後から舞ってくる。

あっという間に寝台を埋め尽くした花びらにナフルーズは目を瞠り、それからうれしくて堪らないとばかりに破顔した。

「おまえの愛は雄弁だな。だが、こんなに降らせてなくならないのか」

「わ…、わかりません」

「二度と枯れないようにたくさん愛を伝えておこう。無論、これからは毎晩のようにな」

額にキスが落ちると同時に、花嫁衣装に手が伸ばされた。

被っていた冠とベールが除かれ、ブローチが外されて上着を脱がされる。長衣の前ボタンをひとつひとつ外されるごとに心臓がドクンドクンと高鳴った。前を寛(くつろ)げた長衣の肩が外され、そのまま肌着ごとストンと落とされる。

「あ…」

ナフルーズに肌を晒すのははじめてのことで、ルスランはとっさに背を向けて身体を隠した。

「なぜ隠す。恥じらうおまえはかわいらしいが、夫に隠しごとをするのは感心せんな」

「すみません。でも、その……あんまりきれいじゃないので……」

谷でなんら頓着せずに育った身体には、貴族の令嬢たちのような洗練された美しさはない。それに放牧の途中にうっかり負った怪我の痕もある。

けれど、そんなルスランをナフルーズは後ろから強く抱き締めた。

「誰が俺の花嫁を侮辱するのだ。俺の世界一美しい花嫁を」

「ナフルーズ様……」

「躊躇う余裕などなくしてやろう。手加減はしないから覚悟しろ」

そう言うなり、ナフルーズが自ら着ているものを脱ぎ捨てていく。婚礼衣装が乱暴に床に放られる音が続いたかと思うと、再び後ろから抱き締められた。

「あっ……」

それははじめての感触だった。

肌だ。彼の素肌だ。背中に感じるあたたかな胸に眩暈がしそうになる。大きな手のひらが押し当てられ、ゆっくりと撫で上げられて、ぞくぞくと肌が粟立った。

下腹から鳩尾、胸と辿ってきた手にゆるく尖りを掠められ、「んっ」と甘えた声が洩れる。

慌てて両手で口を塞いだものの、ナフルーズが見逃してくれるはずもなかった。

「もっと聞かせろ」

後ろから項にくちづけられ、両手で胸の尖りを揉み拉かれて、ルスランは生まれてはじめて味わう感覚に戸惑う。ドキドキしすぎて死んでしまいそうだ。それなのに、心のどこかで「もっと」と願う自分がいた。

――ぼく、変だ……どうしてこんなに、気持ちがいいの……。

ナフルーズに触れられているだけでおかしくなりそうだ。これまで何度も抱き締められてきたのに、それとはまるで比べものにならない。肌と肌が触れ合うことはなんて気持ちがいいのだろう。

「ルスラン」

耳元で濡れた声に名を呼ばれる。

それすら心地良くて堪らなくて、ルスランは想いのままに花を降らせた。

「俺もだ。愛している」

細い背中にくちづけたナフルーズは一度身体を離し、ベッドサイドの引き出しから小瓶を取り出す。

差しこまれていた蓋を取り容器を傾けた彼は、中身を半分ほど手のひらに出した。

ルスランの視線に気づいたナフルーズが安心させるように目元をゆるめる。

「心配するな。ただの香油だ。交わる時にはこれを使う」

「え？　あ……」

膝立ちで後ろから肌を合わせてきた彼に抱き寄せられ、前にたらりと香油を垂らされてはじめて、ルスランは自身が芯を持ちはじめていたことに気づいた。

「ま、待っ……」

慌てて手で覆って隠そうとしたものの、それより早くナフルーズの手がまだやわらかな花芯を包む。

根元から先端に向かって二度、三度ゆるゆると上下に扱かれ、香油を塗り広げられるようにされて、たちまちのうちに自身は硬く漲った。

「あ…、はぁっ……」

生まれてはじめて感じる他人の手の感触にルスランは目を瞑る。太腿がガクガクとふるえ、下腹部までが大きくうねった。

そろそろと薄目を開ければ、ナフルーズの手が赤く熟した自身をあやしているのが見える。

「……っ」

――ナフルーズ様がぼくに触れてる。ナフルーズ様の手が、ぼくに……。

あまりの猥りがわしさに気が遠くなりそうだ。途端に恥ずかしさが襲ってきて、ナフルーズの手を取り除けようとしたものの、うまく力が入らず上から握り締めるだけになってしまった。

「どうした。もっとか」

肩口にくちづけながらナフルーズがくすりと笑う。

「それとも、これは嫌か」

「違っ…、嫌じゃない、です……でも、ぼくばっかり……」

次から次へと与えられてばかりいる。自分だって彼にたくさん奉仕したいし、自分のようにうんと気持ち良くなってほしいのに。

ただ、そうは言ってもどうしたらいいかはわからない。こんなことなら本で学んでおくんだった。どうやったらナフルーズをよろこばせることができるのか研究しておけば良かった。婚姻の儀を滞りなく行うことで頭がいっぱいで、その後のことまでほとんど気が回らなかったのだ。

今頃になって焦り出していると、それを見たナフルーズが小さく笑った。

「また良からぬことを考えていただろう。おまえはなんでも顔に出る」

「えっ」

「おまえのその初心(うぶ)な反応が俺にはうれしい。好きで好きで堪らないと顔に書いてあるところもな」

「……！」

そんなことまでお見通しだったなんて。

一瞬でぶわっと熱くなった頬を両手で隠す。それでも勢いよく降る花びらまでは止められない。

恥ずかしさに身悶えるルスランの髪にキスを落とすと、ナフルーズは「それなら」と自身から手を離した。

「慣らす前に、一緒に気持ち良くなれる方法を試してみるか」

言われている意味はよくわからなかったけれど、ナフルーズと一緒ならそれがいい。

促されるまま、ルスランは膝立ちになった。後ろではナフルーズが自身に香油を塗していている。どうするのだろうと思っていると、ぴったり閉じた足のつけ根に熱いものが押し当てられた。

「あっ…」

それがナフルーズの雄だと気づくと同時に、後ろからグッと突かれ、ルスランの白い太腿の隙間を熱塊がぬるりと滑ってくる。それはまだ誰にも触れられたことのない後孔を掠め、蜜の詰まった袋を押し潰し、さらには花芯の裏筋までも勢いよく擦り上げた。

「えっ、あ…、んんっ……」

彼が自身を抜き差しするたびに、ぬぷっ、ぐぷっと耳を覆いたくなるような水音が響く。潤滑油の滑りを借りて次第になめらかなストロークを描き出した抽挿は、ありとあらゆる場所を刺激しながらルスランを高みに追い上げた。

「んっ…、……は、ぅっ……」

こんな触れ合い方があるなんて知らなかった。手で触れられるのとは全然違う、なにより彼自身をリアルに感じる方法に頭の芯がグラグラする。

硬く瞑っていた目をようやくのことで開けたルスランは、そこではじめて足の間から迫り出す彼の怒張に息を呑んだ。自分のものと全然違う。二回りは大きく長く、色も浅黒く張り詰めていてまるで凶器のようだ。

それを怖いとさえ思ったのに、ぬるぬると擦られるとたちまちぐずぐずになってしまう。

「ナフ、ルーズ…さま……」

ルスランは必死に後ろに手を回し、肩口に乗せられたナフルーズの頭に触れた。

「きも、ち……いい、ですか？」

「あぁ、もちろん。俺の花嫁は最高だ」

彼が笑うのを感じて、ルスランもまたふにゃりと笑う。

ナフルーズは頬に添えられた手の内側にキスをすると、またもルスランの前に手を伸ばした。

「あんっ」

素股と同時に自身も扱かれ、気持ち良さのあまりぞくぞくとしたものが背筋を駆ける。すぐにでも気をやってしまいそうでルスランは懸命に頭をふった。

もう限界だ。膝がふるえてこれ以上この体勢を続けられそうにない。

そんな必死の訴えにナフルーズが身体を離す。

これでお終いかとルスランが手をついてほっとしていると、なぜか今度は臀部に手が伸びてきた。

「これからここでひとつになる。傷つけないよう慣らすから力を抜いていろ」

「え？　……あっ」

無防備な窄まりに指を当てられ、ビクリと身体がふるえる。

「そんなところ…、あっ……んぅっ……」

香油の力を借りてぬうっと挿ってきた指は捏ねるように内壁を押し上げ、またゆっくり抜けていく。

それを何度もくり返されるうち、違和感だけではないジンジンと痺れるような感覚が広がっていった。

ぬくっ、ぬくっと音を立てて出し入れされ、隘路を開かれていくうちに蕾はどんどん敏感になる。

異物を拒んでいたのははじめのうちだけで、いつしかさらなる刺激を悦び求めはじめていた。

「んんっ……」

深く挿入されるたびに中がビクビクと激しく波打つ。

やがて二本に増やされた指で孔を広げられ、わずかに身体が強張ったところを見計らって甘やかすように前を扱かれ、生まれてはじめて味わう未知の快感にルスランは堪らず身体を捩った。

「は、ぅ……んっ……」

このままドロドロに溶けてしまいそうだ。身体中が熱く火照り、全身の力が抜けていく。

崩れそうな身体を腹の下に腕を入れて持ち上げられ、四つん這いの格好にさせられた。

今やそこは甘い責め苦にとろりと蕩け、ナフルーズの指をきゅうきゅうと食む。淫らな抜き差しをくり返されるうちに蕾は力を抜くことだけでなく、隘路を開き、中にいるナフルーズをさらに奥へと招き入れることさえ覚えてしまった。

「手に吸いついてくるようだ。とてもはじめてとは思えんな」

ナフルーズが感嘆のため息をつく。

どういう意味だろうと思って肩越しにふり返ると、彼は情欲を隠しもせずにニヤリと笑った。

「俺の花嫁は最高だ」

ずるりと指が抜かれ、うつ伏せに倒れこんだルスランの上にナフルーズが覆い被さってくる。

「おまえも、おまえの身体で花婿を味わえ。最高だと言わせてやる」

「ナフルーズ、さま……」

捕食者のような強い眼差しが堪らない。征服されるよろこびに胸がときめく。

ナフルーズはルスランを仰向けにすると、左右に開いた足の間にグイと身体を割りこませてきた。

「あ…」

喪失感に戦慄いていた後孔に熱いものが押し当てられる。そのぬるりとした感触に喉を鳴らすと、ナフルーズは縁を捲り上げるようにしてルスランを煽った。

「おまえを俺だけのものにする。そして俺も、おまえだけのものだ」

「ナフルーズさま……」

「ひとつになるぞ。ここで俺を受け入れてくれ。誰にも明け渡したことがないほど深くまで……」

腰を持ち上げられ、上から貫くようにしてナフルーズがグッと押し入ってくる。

「あっ…、あ———……」

それは激しい衝撃だった。

引き攣るような痛みと熱さ、そして息苦しさにルスランは呼吸も忘れて身を強張らせる。あれだけ慣らしてもらったにもかかわらず、指とは比べものにならない圧倒的な質量を前に後孔は異物を押し出そうとした。

張り詰めていたルスラン自身も勢いを削がれ、みるみるうちに芯をなくす。

「ルスラン。大丈夫か。息をしろ」

挿入しかけた自身をきつく締められ、自分も苦しいだろうにナフルーズがやさしいキスをくれる。

「ナフルーズさま……ナフルーズ、さま……」

それがうれしくて、心強くて、ボロボロと涙がこぼれた。

「泣かせてしまったな。辛いならもうやめるか」

「いいえ。いいえ、やめないで……ぼく、うれしくて……」

「ルスラン」

「ナフルーズ様とこうしていられて、夢みたいだから……だから、もっと、してください」

自分からも想いを伝えるようにナフルーズの腕にくちづける。

ナフルーズはそっと目を細めた後で、汗で張りついたルスランの前髪を掻き上げ、キスを落とした。

「辛かったら言うんだぞ。遠慮はなしだ」

ルスランが頷くのを待って、ナフルーズが動きを再開する。少しずつ腰を進めては馴染むのを待ち、また進めては馴染むのを待ちと、彼は時間をかけて慎重に自身を埋めこんでいった。

「んっ」

ようやくのことで張り出した先端が押しこまれる。

そこから先はあっという間で、継ぎ足された香油の助けを借りて一気に熱塊が押しこまれた。

「あぁっ」

不意に、身体にビリッとしたなにかが走る。痛みとは違う、これまで味わったことのない感覚だ。

「な、に……？」

「ここがおまえの好いところか。……ここだ、わかるか」

「あんっ」

ナフルーズにトントンとある箇所を突かれ、ルスランは若魚のように背を撓らせた。

「やっ、なん、で……んんっ」

硬く張り詰めたものでそこを擦られるたびにどうしようもなく身体がふるえる。痛みに萎えたはずの自身はいつの間にか芯を取り戻し、抽挿に合わせてふるふると揺れた。

ナフルーズを受け入れている場所の痛みが消えたわけではないのに、それを掻き消すほどの快感に襲われてルスランは身も世もなく悶えるばかりだ。ひと突きされるごとに気持ち良さは募る一方で、このまま気をやってしまいそうで怖くなった。

「だめ、だめ、そんな……っ」

目に涙を溜めながら必死に首をふる。

ナフルーズはあやすように眦に口を寄せ、涙を吸い取ってくれた。

「気持ちいいなら躊躇うことはない。達っていいんだぞ」

「でも、ぼくだけ、は……嫌…、です……」

「あぁ、まったくおまえは。わかったから泣くな」

困ったように笑いながらナフルーズが細い腰を抱え直す。その間にも敏感な内壁を掻き回すように揺さぶられて、ルスランは快感に惑うしかなかった。

「あ…、ぁっ……」

力強く腰を引き寄せられて臀部に硬い下生えが当たる。一分の隙もないほど熱を埋めこまれ、奥の奥まで愛で満たされて、しあわせにクラクラと眩暈がした。

「ナフルーズさま……」

ルスランが恍惚として名を呼べば、ナフルーズもまた感嘆のため息を洩らす。

「あぁ、おまえの中は熱くてとても気持ちがいい」

「ナフルーズさまで、いっぱいで……ぼくも、気持ちいい、です……」

愛しい彼をこの身に受け入れ、ひとつになっているのだと思うと、信じられないほどのうれしさがじわじわと胸の奥からこみ上げた。

「おまえの花婿は最高だろう」

「んっ」

腰を揺すられ、悪戯っ子のように笑われて、ルスランは甘い悲鳴を上げるばかりだ。

「最高です。ナフルーズ様……」

「そうか。ならばもっと良くしてやる」

そう言うが早いか、ナフルーズはルスランの胸に手を伸ばしてきた。

薄い肉づきの胸を掬い上げるように揉み拉かれ、ぷっくりと勃ち上がった乳首を舐め上げられる。

驚いて身を引きかけたところをちゅうっと吸われ、そのまま舌先でコリコリとくすぐるようにされて、たちまち全身の肌が粟立った。

「あ、あ、あ、……なに、それ……あ、ぁっ……」

「いい声だ。気に入ったか」

そんなところが感じるなんて知らなかった。

片方の尖りを口で愛され、もう片方を指で責められて、ズキズキと疼くほどの快感が全身に走る。

ナフルーズにしてもらうことすべてが身悶えするほど気持ち良くて堪らなかった。

「ああぁっ」

胸を弄りながらの突き上げがはじまる。

自身からあふれた先走りが幹を伝い、みっしりと埋めこまれた結合部で泡を立てた。ナフルーズが動くたびにそこが、くちゅっ、ぐちゅっと淫らな水音を立てる。それが恥ずかしくて堪らないのに、それすらも快感と歓喜が勝った。

後から後から花びらが降る。ふたりの愛を祝福するように寝台を花で埋め尽くしていく。

「ナフルーズさま……ナフルーズ、さま、ぁっ……」

激しく突き上げられながら、同時に捏ねるように腰を回され、執拗なほど中を掻き回されて、頭の中が真っ白になる。どこもかしこも愛しい人にマーキングされていくようだ。熱塊が内壁を抉るたび、味わったことのない快感が脳天まで一直線に突き抜けた。

「ルスラン。俺のルスラン……」

「ナフルーズさまっ……」

奥を広げるように腰を使われ、同時にルスラン自身も扱かれる。限界までふくらんでいた花芯は待ち侘びた刺激にふるえながら歓喜の涙をこぼした。

「あ、あ、あ……もう、だめ……だめ……ナフルーズさま、ぼく…、もうっ……」

「あぁ。俺も限界だ。おまえの中に注ぐぞ」

「ください……ナフルーズさまの、全部……あぁっ……」

触れるだけのキスを最後に、力強いストロークでラストスパートがはじまる。

ひと突きされるごとに光が弾け、よろこびで満たされていくのがわかった。

愛しい人と身も心もひとつになった。

お互いの唯一無二になった。

そして今、ともに高みへと駆け上がる――。

「あぁぁっ……!」

ズン、と最奥を突かれた瞬間、ルスランは勢いよく蜜を放った。

「……くっ」

激しい収斂に引き摺られるようにしてナフルーズもまた放埒を放つ。

ドクドクと勢いよく注がれる白濁を身体の一番奥で受け止めた瞬間、そこがかあっと熱くなった。

ジンジンと痺れるような疼きとともに熱は全身へと広がっていく。まるで細胞が造り替えられていくような不思議な感覚だ。

荒い呼吸の中、ルスランは下腹に手を当て微笑んだ。

「うれしい……。これでぼくは、ナフルーズ様のもの、ですね」

ルスランの手を取り、ナフルーズも汗を滴らせながらくちづけを落とす。

「あぁ。俺のすべてもおまえのものだ。おまえだけの」

舞う花びらにうれしそうに目を細めたナフルーズは、想いを返すように深く深く唇を塞いだ。

「愛している。ルスラン」

「ぼくも、愛しています。ナフルーズ様……」

噎せ返るほどの花に埋もれながらゆるやかな抽挿が再開される。

ふたりは互いに手を伸ばし、唇を寄せながら、終わらない甘い夜に溺れていった。


あたたかな春の日差しが降り注ぐ。

額の上に手で庇を作りながら、ルスランはしあわせに目を細めた。

子供の頃、村の長老から聞いたことがある――。

都には大きくて立派なお城があって、そこには王様とお妃様が住んでいるのだと。目も眩むような金銀財宝に囲まれ、贅沢な晩餐や舞踏を楽しんでいる、この世の楽園のような場所なのだと。

今なら、それがお伽噺だとわかる。

それでも、自分にとって楽園であることに変わりはない。

ルスランはそっと微笑みながら隣に座るナフルーズを見上げた。

彼のおだやかな視線の先では、アイリーンが楽しげに蝶と戯れている。この城で二番目に出会った『友達』であり、正式に迎えた自分たちの『娘』だ。中庭を駆け回る彼女のあどけない姿はどれだけ眺めても飽きることがなかった。

離宮から城へ住まいを移したアイリーンは、今や大好きな両親を独占しながらかわいらしい姫君に成長しつつある。一人前の娘になる頃には自分たちもだいぶ変わっているだろう。

隣にいるナフルーズは王としての貫禄をいや増し、ますます精悍に、男らしい色香を放っているに違いない。燻(いぶ)し銀のような魅力を備えた彼はさらに素敵なことだろう。

――ふふふ。楽しみだなぁ……。

その時が早く来てほしいような、今をじっくり噛み締めていたいような。

ひとり頬をゆるめていると、ナフルーズがこちらを見てくすりと笑った。

「今、妙なことを考えていたろう」

「えっ」

びっくりして目を丸くするルスランに、彼は「当たりだな」と肩を揺らす。

「おまえが意味ありげな顔で俺を見る時は大抵そうだ。今度はいったいどんな想像をしていたんだ」

「い、いえ、その……」

お見通しだったなんて恥ずかしい。

顔を赤らめるルスランにまたも含み笑うと、ナフルーズは再び視線をアイリーンに戻した。

「あれもずいぶん笑うようになった。おまえが城に来てからだ。それまでは、離宮に閉じこめておくばかりだったが……」

「閉じこめるだなんて」

ルスランはぶんぶんと首をふる。

「ナフルーズ様が気づいて助けてくださらなければ、あの子は今頃どうなっていたかわかりません。ナフルーズ様はアイリーンの命の恩人ですよ」

「ただの罪滅ぼしだ」

「それでもです。ぼくだって、ぼくの村の人々だって、ナフルーズ様を恩人だと心に刻んでいます。ナフルーズ様はこの国の王としてたくさんの命を救ってきました。ぼくたちはその生き証人です」

「ルスラン……」

大きく頷いてみせると、ナフルーズは驚いたように目を瞠った後で、ほう…、と息を吐いた。

「おまえはいつだって俺が前に進めるように背中を押してくれる。これほど心強い存在はない」

「そう言っていただけてうれしいです。これからもぼくは、ナフルーズ様の一番の味方ですからね。ずっと傍でお支えします」

「ありがたい。おまえがいてくれればなんでもできる」

髪にそっとキスが落とされ、そのまま肩を引き寄せられる。

「アイリーンを養女に迎えてみてつくづく思った。子供とはいいものだと」

「ぼくもそう思います。毎日ヘトヘトになりますけど」

その無尽蔵な体力にも、飽くなき好奇心にも、ついていくのがやっとなほどだ。それでも無邪気な笑顔を見ると心の底からうれしくなるし、なんでもしてやりたくなる。

これからは、そんな成長の一瞬一瞬を悉に見守っていけるのだ。なんてしあわせなことだろう。

将来に思いを馳せていると、ナフルーズが真剣な顔でこちらを見た。

「ルスラン。おまえとの子も、望んでいいか」

肩を抱いているのと反対の手でそっと手を握られる。

「〈花の民〉であるおまえの力を頼ることになる。だが無理はさせたくない。二度と枯れたりしないように、おまえの心身を最優先させたい。……これは俺の我儘だ。それでも俺は、望んでもいいか」

まっすぐな眼差しに誠実さと愛情が滲む。

ルスランからも手を握り返し、力強く頷いた。

「もちろんです。それはぼくの望みでもあるんですから」

はじめて身体を重ねてからというもの、少しずつ第三次性徴の兆しを実感しつつある。近いうちに身体も変わっていくだろう。愛する人との未来のために変わるのだ。こんなにうれしいことはない。

「ナフルーズ様とぼくの子供……どんな子でしょうね。ナフルーズ様似の男の子だったらいいなぁ。うんと負けず嫌いだったりして」

「俺はおまえに似た男子を望むぞ。かわいらしいに違いない」

ナフルーズがとろりと目尻を下げる。最近になって気づいた、アイリーンに接する時の彼の顔だ。

まだ見ぬ我が子を思い浮かべただけでもう親の顔になっているらしい。

「ふふふ。そんなこと言って、女の子かもしれませんよ？　ナフルーズ様は『嫁にはやらん！』って言いそうですけど」

「当然だ。俺の目が黒いうちは断じて許さん」

大真面目に宣言され、ルスランはとうとう噴き出した。

「まだ生まれてもいないうちから……」

「おまえは耐えられるのか。かわいい娘を嫁にやるなど言語道断だ」

「……アイリーンは大変だなぁ」

「なにか言ったか」

「いいえ、なにも」

ふたりのやり取りを聞いていた侍女たちが後ろでくすくすと肩を揺らす。

楽しそうな雰囲気を察したのか、アイリーンが両手を広げながらこちらに向かって駆けてきた。

「とうさまー！　かあさまー！」

「おっと」

アイリーンが勢いよくルスランの腕の中に飛びこんでくる。元気に転げ回ったせいで、あちこちにくっついている草や葉を払ってやりながら、ルスランは愛しい我が子の頬にキスをした。

「アイリーンは今日も元気いっぱいだね」

「かあさまが、にこにこだから！」

「そっかぁ。ぼくもアイリーンがにこにこで、とってもうれしいよ」

頭を撫でてやるとうれしいのか、アイリーンは顔をくしゃくしゃにして「にーっ」と笑う。

出会った頃にはしなかったような顔だ。家族になってようやく見せてくれるようになった、自然で屈託のない表情がうれしくて胸がきゅんとなってしまう。

「家族っていいですね。それに……今ちょっと、ナフルーズ様の言ったことがわかる気がしました」

――かわいい娘を嫁にやるなど言語道断。

アイリーンがしあわせになるためならなんだってしてやりたいと思うのと同じだけ、この子が城を離れていくと思うともう寂しい。なんなら想像しただけで泣きそうだ。両親はよく自分を送り出してくれたものだと思う。

「次に家に帰ったら、父さんと母さんにあらためてお礼を言わなくちゃ」

今ならふたりの気持ちがよくわかる。

しみじみと微笑むルスランに、ナフルーズもまた感慨深げに頷いた。

「一度ならず二度までもおまえを送り出してくれた大切な存在だ。俺も感謝してもしきれない」

「ナフルーズ様……」

「だれが、たいせつなの？」

アイリーンがきょとんとした顔で話に加わってくる。

ルスランは愛娘（まなむすめ）のやわらかな頬を両手で包むと、そのままぎゅっと抱き締めた。

「みんな大切だよ。アイリーンも、ナフルーズ様も、ぼくだって、みんな誰かの愛しい子供。みんな誰かの大切な人だよ」

少しだけ身体を離し、思いをこめてまっすぐ見つめる。

「大好きだよ、アイリーン」

「わ！」

「おまえは俺たちの愛しい娘だ」

「わ！　わ！」

ルスランとナフルーズ、ふたりからおでこにキスをもらってアイリーンはにこにこだ。

「さぁ、アイリーン様。あちらで鞠投げをいたしましょう」

気を利かせてくれた侍女がさりげなくアイリーンを中庭に誘う。

それに目で礼を伝えると、ルスランは再びナフルーズと肩を寄せ合った。

「……しあわせですね」

「あぁ、本当にな。こんな未来が待っているなど、出会った頃はまるで思いもしなかった」

「懐かしいなぁ。ふふ。ナフルーズ様、最初はあんなにぶっきらぼうで怖かったのに……」

「おい」

「いつも睨むし、なぜか怒るし」

「ルスラン」

「お茶を差し上げてもいらないって言うし」

「それは」

しどろもどろなナフルーズに、とうとう堪えきれなくなって小さく噴き出す。

「冗談ですよ。そうなさった理由をぼくはもう知っていますから」

「それを言うならおまえだって、出会い頭に花を降らせて俺を驚かせただろうが」

「そ、それは……」

「どういう意味だと訊ねても、会えてうれしいからだと嘘をついて」

「すみません……」

「その上、人の心は自由だなどと、とんでもないことまで言い出す始末だ」

「誠に申し訳ございません……」

もはや立つ瀬もない。

ひたすら小さくなるルスランに、ナフルーズは声を立てて笑った。

「わかっている。すべて俺のせいだ。そうせざるを得なかったのだと」

「でも、もう少しやり方はあったかもしれません」

「過ぎたからこそ言えることだ。なにより、おまえはよく堪えてくれた」

「ナフルーズ様？」

ナフルーズが過去を悔いるように眉間に深い皺を刻む。

「……辛い思いばかりさせたな。本当に、よく辛抱してくれた」

「そんな」

「俺はおまえをしあわせにしてやれているか。あの頃の埋め合わせには足りているか」

どこかまだ心配そうな顔をする愛しい人に安心してほしくて、ルスランは思いきり抱きついた。

「しあわせでパンクしそうなくらいです。毎日、毎時間、ナフルーズ様のことでいっぱいです」

「そんなにか」

「はい。ぼく、いつか自分の両親みたいに、愛する人と花に囲まれてしあわせに暮らしたいって夢があったんです。それを叶えてくださったのはナフルーズ様です」

「ルスラン……」

「ナフルーズ様こそ、〈幸福の民〉と結婚した御利益はあったでしょうか」

少しの不安とともに至近距離から伴侶を見上げる。

そんなルスランの想いごと包みこむように、今度はナフルーズがぎゅっと抱き返してくれた。

「無論だ。毎日が幸福で満たされている。すべておまえのおかげだ、ルスラン」

「ナフルーズ様」

頬に手が添えられたかと思うと、ゆっくりとナフルーズの唇が近づいてくる。とろんと重たくなる瞼を閉じるとすぐに、やさしいくちづけが落とされた。

愛と幸福の証のキスだ。

甘いときめきは花びらとなって、ふたりの上に後から後から降り注いだ。

「おまえと出会えたことに心から感謝している。……愛している、ルスラン」

「ぼくも、愛しています。ナフルーズ様」

あふれるほどの花が降る中、愛しい人の瞳に自分が映る。

そのしあわせを深く噛み締めながら、ふたりはまたどちらからともなく瞼を閉じた。

花霞の幸福

愛する伴侶と結ばれてからというもの、桃色の花びらは止まるところを知らない。

降り注ぐ花を見上げながらルスランはそっと苦笑した。

ナフルーズに名を呼ばれてはときめきにひらりと降らせ、ナフルーズが笑ってはよろこびのあまりひらひらと降らせ、ルスランの行く先々で桃色の花溜まりができるほどだ。かくれんぼなんてしようものなら一発で見つかってしまうだろう。

最近では、「王妃を探す時は花びらを追え」とまで言われるほどだ。

そんな花びらを集める役目は、ルスランの世話係であり、今や大切な友達でもあるサンジャールが担ってくれることとなった。

なにせ、〈花の民〉が降らせた花びらは放っておいても枯れたりしない。ナフルーズはそのままで構わないと言ってくれたけれど、ルスラン本人が照れくさいので回収をお願いした次第だ。そのためサンジャールは毎日せっせと花集めに追われている。

今日のルスランは中庭の真ん中で花を降らせた。

ぽかぽかとあたたかな陽気に誘われて散歩をしていたところ、たまたまナフルーズがファズイルを連れて回廊を通りかかるのが見えたからだ。面と向き合うどころか、遥か遠くに姿が見えただけにもかかわらず胸を高鳴らせるルスランを見て、サンジャールがぷっと噴き出した。

「本当に陛下が好きなのねぇ」

「お手数をおかけしてすみません……」

ルスランは頰を赤らめながら一緒になって花びらを集める。

「あら、いいのよ。ちょっとだし。……それにしてもいい香りねぇ」

サンジャールは両手で掬い上げた花びらに顔を近づけ、うっとりと目を閉じた。

「そういえば、〈花の民〉が降らせる花びらって、実際にある花と同じなの？」

「いいえ。似ていると言われることもありますけど、人それぞれみたいですよ。ぼくの花は母のものに近いですが、それでも香りは少し違います」

「へぇ。そうなのね」

「想いが形になったものですから」

好きという気持ちが高まった時にだけ目に見える形で現れる恋の花びら。人の想いの数の分だけ、色も、形も、香りも千差万別だ。

そう言うと、サンジャールはうれしそうに目を細めた。

「ふふふ。愛の証だものね。素敵ねぇ」

サンジャールは集めた花びらを麻袋にしまい、こんもりと大きくなったそれを愛おしそうに何度も撫でる。

「一時はどうなることかと思ったけど、こうしてのびのび愛を語るあなたを見られる日が来るなんて、本当に生きてて良かったわ」

「サンジャールさん……。サンジャールさんが助けてくださらなかったら、ぼくはいつまでもお城の生活に馴染めなかったでしょうし、ナフルーズ様への気持ちも諦めていたかもしれません。だから、サンジャールさんはぼくの心の恩人です」

「まぁ！」

サンジャールは袋を放り出し、ガバッとルスランを抱き締めた。

「ありがとう、ルスラン。なんてやさしい子なのかしら。泣けてきちゃう……陛下は本当にいい子を伴侶になさったわねぇ」

「サンジャールさん、あの……く、苦しい、です……」

「あらやだ！」

トントンと背中を叩いて促すと、サンジャールは慌てて腕を解いた。

「ごめんなさいね。あたしとしたことが、感極まってついつい力が入っちゃったわ」

「うふふ。びっくりしました」

顔を見合わせ、悪戯っ子のようにくすくすと笑う。

慣れた手つきで花びら入れの袋の口を結びながら、サンジャールがふと目を上げた。

「あら、噂をすればご本人が」

「え？」

ふり返ると、ナフルーズがこちらにやってくるのが見える。てっきり、回廊を渡って別の塔にでも行くところだと思っていたので意外だった。

「ルスランがいるのが見えて、お顔を見に寄られるのかしら」

「そんな……お仕事の途中に申し訳ないです」

「でもそう言いながら、顔には『うれしい』って書いてあるわよ」

「もちろんです！　いえ、やっぱり邪魔かも……でも、お会いできるのはうれしいですし……」

「もう。どっち！」

サンジャールが明るい声を立てて笑う。

ここのところナフルーズが朝から晩まで忙しくしていたのを知っている。だからできるだけ邪魔にならないように控えていたし、同じベッドで眠れるだけでしあわせだと思っていた。昼間に一日姿を見られただけでも自分には充分すぎるほどだったのに。

眩しい日差しを受け、まっすぐ歩いてくるナフルーズのなんと雄々しく、堂々としていることか。

――こんな素敵な方が、ぼくを伴侶にしてくださったんだな……。

見つめるたびに毎回新鮮に見惚れてしまう。声を聞くたび、名を呼ばれるたび、微笑まれるたびに何度でも彼に恋をする。

「ナフルーズ様……」

しあわせのため息をつくと同時に、頭上からはらはらと花びらが降った。

その勢いたるや、みるみるうちに庭に小山を築くほどだ。きれいにしたばかりの中庭がまたしても桃色塗れになるのを見て、サンジャールが「ブハッ！」と噴き出した。

「ちょっと！　ルスラン！」

「わぁ！　ごめんなさい！」

申し訳ないとは思うのだけれど、これぱかりは不可抗力だ。

「まったくもう。ふたり揃ってメロメロなんだから」

「誰がメロメロだと？」

「陛下！」

いつの間にこんなに近くまで来ていたのか、ナフルーズが話に割りこんでくる。

サンジャールは大慌てで居住まいを正し、ルスランはうれしさに頬を染めた。

「散歩をしていたのか。今日は天気が良くて気持ちいいだろう」

「はい、とっても。ナフルーズ様は仕事がお忙しそうですが、お疲れになっていませんか」

「なに。おまえの顔を見たら疲れも吹き飛ぶ」

「ふふふ。ナフルーズ様ったら」

ひらりと落ちてくる花びらをサンジャールが無言で拾う。

彼女が抱えている大きな袋に気づいたらしいファズイルが、そっとナフルーズに近寄った。

「陛下。差し出がましいことを言うようですが、少しお控えになっては……」

「なにを言う。愛するものを前にしてなにを我慢する必要があるのだ」

きっぱりと言い返す彼の顔には「これまでの時間を取り戻す」と書いてある。

嘆息するファズイルに申し訳ないとは思いながらも、自分を「愛するもの」と呼んでくれたことがうれしくて、胸をきゅんと高鳴らせたルスランはまたしても花を降らせた。

愛の言葉を手に受け止めたナフルーズは、なにか思いついたように「よし」と頷く。

「さっきの会議でちょうど一段落したところだ。今日はこのまま、久しぶりに休暇を取る」

「休暇…で、ございますか……？」

思いがけない言葉に面食らうファズイルに、サンジャールが駆け寄って耳打ちした。

「そういうことにしておきなさいな。惚気に当てられて死んじゃうわよ」

「サ、サンジャールさん？」

今度はルスランがびっくりして噎せる。

ナフルーズはサンジャールを叱るどころか、ルスランの背中をさすりながら鷹揚に微笑んだ。

「さすがは気の利く侍女長だな。おまえも見倣え、ファズイル」

「はっ……」

なんとも言えない顔になるファズイルの背中をサンジャールがポンポンと叩いて慰める。ふたりの背に哀愁が漂って見えるのは気のせいだろうか。

そうこうする間にもルスランは肩を抱かれ、王の私室へと連れていかれた。

ナフルーズは飾り窓に沿って造りつけられた基壇にドカッと腰を下ろすと、こちらに向かって手を伸ばしてくる。

「おまえも来い」

「……えっとその、休暇を取られるなら、なにか特別なことをなさるのではないですか？」

「そんなことはない。ただおまえとゆっくりしたかっただけだ。この頃は忙しくてのんびりする暇もなかったからな。……早い話、おまえが足りない」

ストレートに告げられ、心臓がドキンと跳ねる。

ドギマギと慌てるルスランに、ナフルーズは苦笑しながら琥珀色の目をやわらかに細めた。

「いいから来い。俺を癒やしてくれ」

「はい。では、お邪魔いたします……」

そろそろとナフルーズの足の間に収まる。

腰に手を回されたと思うと、そのままグイッと引き寄せられ、ナフルーズに乗り上げる形でふたり揃って基壇の上に倒れこんだ。

「わっ。大丈夫ですか、ナフルーズ様」

「心配するな。ここには最高の枕もある」

ナフルーズが頭の下のクッションを指す。

目を丸くしたルスランは、彼が最初からそのつもりだったとわかって笑ってしまった。

「ふふふ。びっくりしました」

「そうか。おまえのいい顔が見られた」

ちゅっと音を立てて髪にキスが落とされる。ナフルーズは愛しくて堪らないというようにやさしくルスランの髪を梳くと、そのまま自分の指に桃色の髪を絡ませた。

「おまえはなにもかもが美しい。この髪も、俺の好きなもののひとつだ」

「うれしいです。ぼくもナフルーズ様の御髪が好きですよ。それから切れ長の目も、凛々しい眉も、まっすぐ通った高い鼻も、男らしい唇も」

「顔の全部ではないか」

「それから、太い首も、逞しい胸も、大きな手も、長い足も……」

思いつくままに挙げていくと、とうとうナフルーズが「ふはっ」と噴き出す。

「なるほど。サンジャールが『メロメロ』と言いたくなるのも頷ける。それでは褒めすぎだ」

「褒めすぎだなんて。これでも言い足りないくらいです」

胸に手をついて上半身を起こし、大真面目に抗議すると、ナフルーズは明るい声を立てて笑った。

「おまえの力は大したものだ。あっという間に俺を癒やしただけでなく、その気にまでさせてくれる」

「その気……？」

それはどういう意味だろう。

不思議に思っていると頭の後ろに手を回され、ナフルーズの方に引き寄せるように力を入れられて、そっと唇が重なった。

「ん…」

毎晩交わす『おやすみのキス』とは違う、お互いを求める合図のキスだ。その証拠にナフルーズはルスランの唇を甘く食むと、もっと食らいたいと言うように音を立ててちゅっと吸った。

「んっ」

唇の間から舌を差し入れられ、やさしく前歯をくすぐられる。

そのまますするりと口内に潜りこんできた舌は、縮こまっていたルスランのそれを大胆に誘き出し、じわじわと追い上げていった。

「んんっ……」

そちらに夢中になっている間にも悪戯な指は襟元をくすぐり、ルスランの長衣の前ボタンをひとつ、ふたつと外していく。そっと指先で肌を探られ、ツーッと指の背を這わされて、甘やかな予感に心臓がドキドキと高鳴った。

「おまえが好きだと言う首や胸にも触れてみるか」

「え？　わっ……」

自らも上着の前を大きくはだけたナフルーズに手を取られ、彼の裸の胸へと導かれる。

ドギマギしながらも神聖な気持ちでそっと触れたルスランは、ナフルーズのなめらかな肌や力強い鼓動に感激してしまい、またも盛大に花びらを降らせた。

「おまえは本当にわかりやすい」

ナフルーズがくすくす笑いながら触れるだけのキスをくれる。

「サンジャールさんに、また『降らせすぎ！』って言われちゃいますね」

「構うものか。赤子は親の花びらで作ったベッドに寝かせるのだろう？　もちろん、俺たちのベッドもソファも、それにアイリーンの分も作らねば。まだまだ足りん。遠慮はするな」

「ふふふ。ナフルーズ様は〈花の民〉のことをよくご存じですね」

「おまえの父親に教わったんだ」

「えっ。いつの間に……」

「おまえのことは悉に知っておきたいからな。もちろん、この体勢でなにを考えているのかも、だ」

艶やかに目で誘われ、たちまち心臓がドクンと跳ねた。

いくら休暇を宣言したとはいえ、王のもとにはいつ何時誰がやってくるかわからないし、なにより明るいうちからあられもない姿を晒すなんて恥ずかしくて耐えられない。

「だ、だめですよ。これ以上は」

「愛の言葉は饒舌なのに、愛を確かめ合うのは照れるのか」

「ナフルーズ様！」

頬がぶわっと熱くなる。

そんな勢いのいい反応に、ナフルーズもまた気持ちのいい声を立てて笑った。

「そういうところがおまえのいいところだ」

「……本当にそう思われてます？」

「思っているぞ。おまえのいいところは全部知っている。俺と一緒に午睡を楽しんでくれようとして

「いることもな」

「もう」

なんだか丸めこまれたような気がしないでもないけれど。

それでも「機嫌を直せ」とばかりにやさしくくちづけられ、髪を撫でられているうちに、あっさり気持ちもゆるんでしまった。愛する人と一緒にいられるだけでうれしいのに、それで臍を曲げ続けるなんてそもそもできるわけがないのだ。

「ナフルーズ様」

ルスランは伸び上がり、褐色の頬にキスを贈る。

「ナフルーズ様がいい夢を見られますように」

「それならおまえも、俺の夢を見るように」

「ナフルーズ様ったら」

そんなの最高のご褒美だ。

そう言うと、ナフルーズはうれしそうにくすくす笑った。

「俺もおまえの夢を見よう。俺たちの未来の夢を」

「起きたらぼくにも教えてくださいね」

「あぁ、おまえもな」

ナフルーズが深呼吸とともに目を閉じる。

ルスランもまた愛しい胸に頬を寄せると、しあわせな気持ちで眠りについた。

あとがき

こんにちは、宮本れんです。

『花霞の祝歌』お手に取ってくださりありがとうございました。

皆様の応援のおかげで「祝シリーズ」も五冊目となりました。『銀の祝福が降る夜に』『アドレアの祝祭』『祝命のエトランゼ』『銀の祝福が宿る夜に』に続く今回のお話は、これまで名前だけが登場していたサン・シットが舞台です。

円之屋穂積先生にイラストをご担当いただけることになり、それなら以前ご一緒させていただいた『祝命のエトランゼ』の隣国サン・シットを舞台に、繋がりも描ければ……とお話を練り上げていきました。

こうしたご縁から国が生まれ、キャラクターが生まれ、ひとつの物語になっていくのはシリーズ作品の醍醐味だなぁと幸せに思います。孤独な王と美しい花を降らせる少年の、命を懸けた運命の恋、楽しんでいただけていたらうれしいです。

巻末SS『花霞の幸福』は、口絵イラストからイメージをふくらませて書いたものです。ナフルーズがあまりに幸せそうで、うらやましい！　と思いながら書きました。いつもは小説に絵をつけていただくことが多いので、こんな経験も楽しかったです。

本作にお力をお貸しくださった方々へ御礼を申し上げます。

円之屋穂積先生。こうして再びご縁をいただけて光栄です。カバーイラストを拝見した時の、あのふるえるような感動は忘れられません。本当にありがとうございました。

CoCo.Design（ココデザイン）の清水（しみず）様。祝シリーズらしく、そして華やかなデザインにしていただけてとても嬉しいです。どうもありがとうございました。

担当M様。今回も細やかにサポートしてくださいまして本当にありがとうございました。いつも助けられるばかりです。今後ともどうぞよろしくお願いいたします。

応援してくださる読者様。背中を押してくださる方々のおかげで、こうして書き続けることができます。これからも見守っていただけましたらうれしいです。

個人的なこととなりますが、この本の執筆中に病気が見つかり、入院・手術をしました。各方面にご迷惑をおかけして申し訳なく思うとともに、「作家でいられる限り、一作でも多く心をこめて書いた作品を届けたい。そのために元気でいなくては」と強く思いました。これからも自分自身と向き合いつつ、楽しんでいただけるように頑張っていきますね。

最後までおつき合いくださりありがとうございました。

それではまた、どこかでお目にかかれますように。

二〇二四年　祝歌の響く、よろこびの春に

宮本れん

リンクスロマンスノベル

花霞の祝歌

２０２４年４月30日 第１刷発行

著　者　宮本れん

イラスト　円之屋穂積

発行人　石原正康

発行元　株式会社 幻冬舎コミックス
〒１５１-００５１ 東京都渋谷区千駄ヶ谷４-９-７
電話０３（５４１１）６４３１（編集）

発売元　株式会社 幻冬舎
〒１５１-００５１ 東京都渋谷区千駄ヶ谷４-９-７
電話０３（５４１１）６２２２（営業）
振替 ００１２０-８-７６７６４３

デザイン　清水香苗（CoCo.Design）

印刷・製本所　株式会社光邦

検印廃止

／ISBN978-4-344-85410-9 C0093／Printed in Japan
幻冬舎コミックスホームページ https://www.gentosha-comics.net